케이타이 도쿄

핸드폰으로 담아 낸 도쿄, 그 일상의 세포

케이타이 도쿄

안수연 글·사진

대숲바람

가끔은 흐릿하고 때때로 흔들리는
일상의 비결정적 순간들

핸드폰으로 사진을 찍는 행위는 10년 전까지만 해도 상상할 수 없었던 생경함이다. 그러나 지금은 누구나 당연히 핸드폰으로 사진을 찍는다. 원래 처음부터, 태어났을 때부터 그랬다는 듯이. 핸드폰이라는 가장 사적인 손 안의 미디어. 1대 1로 메일을 보내거나 그 답변을 받을 수 있는, 누군가에게 연락을 할 수 있는 가장 기본적인 미디어. 크기에서나 기능에서나 핸드폰은 사물私物이다. 私, 와타시, 나—라는 말을 어디에나 붙이기 좋아하는 일본적 단어로 표현하자면.

우리가 핸드폰이라 부르는 그 기기의 정확한 영어 이름은 셀룰러 폰 cellular phone이다. 셀룰러. 셀 방식의 전화라는 말인데, 그 속엔 '세포질의'라는 의미도 중의적으로 포함되어 있다. 각각의 사람의 손

안에 하나의 세포로 이뤄진 미디어를 가지고 커뮤니케이션한다는 사실, 재밌지 않은가? 그런 미디어로 찍는 사진이 거창한 의미나 대의명분을 가질 리 없다. 정말 사소하고 자그마하며 별다른 의미없는, 일상의 조각일 것이다.

하지만 그 일상은 어쩔 수가 없는 스나오(率直), 즉 '진실'의 일면을 가지고 있다. 이미 거기 있었던 것. 명백히 존재했으나 지금은 사라진 것. 그 일상은 진실이며 평범하며 한 번 지나가면 다시는 붙잡을 수 없는 일회성의 순간이다. 그러나 그 일상은 그 무엇보다 명확하다. 왜냐하면 그 어떤 거창한 인생도 시작은 일상이라는 한 단면의 '셀cell'로 이루어져 있으니까.

도쿄는 묘한 도시다. 도쿄가 왜 묘한 도시인지 설명하자면 이야기가 길어진다. 그러나 2년 남짓 도쿄에 살았다는 알량한 이력으로 감히 말하건대, 도쿄는 비밀이 많은 도시다. 순수와 퇴폐, 전통과 첨단, 광기와 평온이 함께 공존하는 도시다. 그래서 또한 도쿄는 잡지 같은 도시다. 뾰족하기 그지없는 트렌드를 담고 있으나 다음 달엔 다음 달의 잡지가 어김없이 발간되고 과월호가 되어 버리는 것처럼, 흐르는 시간 속에서 미련없는. 그런 도쿄와 핸드폰이라는 조합. 나는 이 둘이 궁합이 잘 맞는 커플처럼 썩 잘 어울린다고 생각했다. 그 궁합이라는 게 사실은 장본인들만 알 수 있는, 조금은 얄궂고 조금은 내밀한 그런 것이 아닌가. 2년이라는 길지도 짧지도 않은 시간 동안 도쿄에서 부유한 나는, 핸드폰에 그런 도쿄의 풍경들을 하나씩 담아내기 시작했다.

도쿄의 셀. 도쿄의 사적 일상. 그래서 寫眞이 아닌 私眞으로 표현해 보는 핸드폰 속의 도쿄. 그러나 그 사진이 명확하고 또렷하며 아름다울 리는 없다. 조악한 해상도로 흔들리게, 흐릿하게, 우연히, 지나치다 찍는 한 컷은 그래서 최소한 내 일상을 닮았다. 아니 내 삶을 닮았을지도 모를 일이다. 그 흔들림으로 흐릿함으로. 그러나 나는 그 비결정적 순간이 사람들이 찾아 헤매는 결정적 순간보다 어쩌면 더 냄새가 나는 울림일지 모른다고 생각했다. 어쩔 수 없이 스멀스멀 삐져 나온다는 데 있어서. 그것은 추醜한 미美다. 추하지만 아름답다. 아름다운 것만이 아름다운 것은 아닌 것이다.

02 얼핏 찍다
스치다

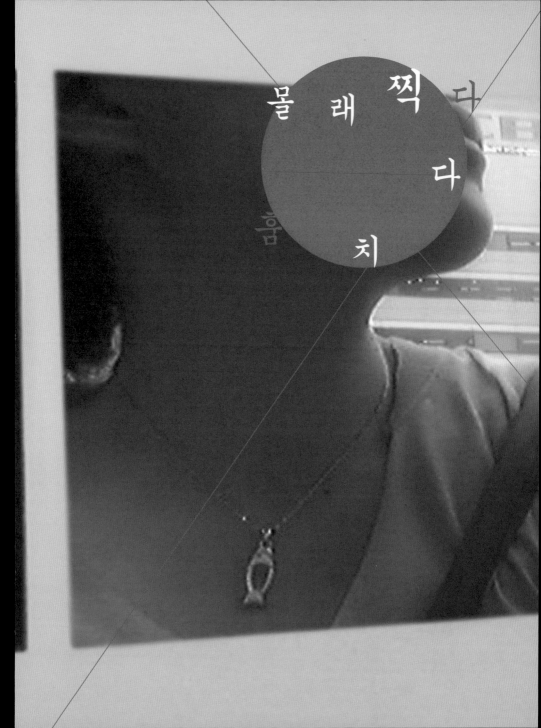

야마노테선, 지하철, 식당, 골목과 공원에서 마주쳤던 도쿄의 일상들—
저마다의 事情과 私情들이 은밀히 깃들어 있는 도쿄의 공간들을 케이타
이로 훔치다.

몰래 카메라는 아니지만 사진에 찍히는 피사체가 카메라를 의식하지 않고 카메라
안에 담겼으면 했다. 내 작은 케이타이는 피사체가 찍힘을 인식하고 움찔할 만큼
거창한 셔터음을 가지고 있지도 않고 그렇게 정교한 해상도의 영상을 만들어 내는
기계도 아니기에. 조금은 조악하고 조금은 볼품없는, 그래서 찍힌다는 자의식과 찍
는다는 자의식이 감히 충돌하지 않아도 될 만큼 겸손하고 소박한 카메라이기에. 그
렇게 멀찌감치 혹은 뒤쪽에 떨어져 서서 나는 그들의 일상을 훔쳐 내고 싶었는지
모른다. 사진을 찍는다는 건 기본적으로 무언가를 훔쳐 내는 행위다. 대기중에 흩
어지는 순간과 순식간에 과거 속으로 사라지는 시간을. 그리고 자기도 미처 느끼지
못하는 짧은 순간의 기쁨과 슬픔 등등의 휘발성 감정들을. 그렇게 몰래 찍으며 나
는 가슴이 두근거렸고 그 순간이 내게 준 울림들이 알 수 없는 온기로 남아 케이타
이를 쥔 손이 약간은 따뜻해져 왔다. 그 느낌들에 기대어 몰래 찍다.

지하철에서

보라색 머리의 할머니들

핸드폰 사진의 좋은 점은 문자를 보내는 척 하면서 도촬盜撮이 가능하다는 것. 지하철에서 내 옆에 앉아 계시던 할머니를 몰래 찍었다. 일본의 할머니, 할아버지 들의 느낌은 일견 여유롭다.

여자가 아줌마가 되면, 남자가 아저씨가 되면, 성性 개념이 없어져 그냥 '아줌마' '아저씨'라는 제3의 존재가 되는 것처럼, 노인은 그저 '노인'으로 치부되기 쉽다. 안타깝지만… 그렇게 생각했다.

그런데 일본에서 마주친 그분들의 느낌은, '일견'이지만 상당한 존재감이 있다는 것이다. 물론 그 존재감은 경제력과 밀접한 관계가 있을 것이다. 당연한 이야기지만. 나이가 들어서도 자신을 들여다보며, 가꾸며, 혹은 여유 있게 생을 뒤돌아보면서 살 수 있었으면 참 좋겠다. 아름답게 나이 들어가는 것은 치열하게 젊은 날을 채우는 것만큼이나 그래서 어려운 일일 것이다.

겉으로 보이는 모습으로 모든 걸 판단할 순 없지만, 도쿄에는 정말 멋쟁이 할머니, 할아버지들이 많다. 아니 어떻게 보면 도쿄에는 젊은이들보다 나이 지긋하신 분들이 더 멋지다.

도쿄 정착기, 지역에 대한 정보 부족으로 히가시무라야마(東村山)라는 엄한 시골에서 3개월 동안 살았었다. 도쿄는 분명 도쿄였는데 지하철 역에서 집까지 40분 밭길을 걸어가야 했던 곳이었다.

그 동네에는 젊은이들보다 농사를 짓는 할머니, 할아버지 들이 많이 사셨다. 재밌는 건, 주중엔 머리에 수건을 두른 채 무를 뽑고 배추를 키우시다가 주말이 되면 포드 머스탱이나 할리 데이비슨을 타고 부릉부릉 여행이나 쇼핑을 나가신다는 것.

일요일 아침, 옆집에 사시던 할아버지가 할리를 타고 시속 100km로 부르르릉 질주하시더라. 오, 멋져라. 그렇게 살 수도 있는 거였다. 그 할머니, 할아버지 들을 보면서 '사는 방법은 알고 보면 참 다양한 거야'라고 생각했다. 주중엔 밭을 갈고 주말엔 할리 데이비슨을 타고.

참고로 도쿄 할머니들의 머리 스타일 유행은 보라색 염색이다. 그것도 전체 염색이 아닌 부분 염색. 처음엔 은발 머리의 부분부분이 선명한 보라색으로 염색된 걸 보고 깜짝 놀랐다. '저 할머니 정신이 약간?' 이라고 생각했으나, 사람의 눈이 간사하다고 여러 번 보니 그럭저럭 괜찮았다. 오히려 은색과 보라색은 의외로 참 잘 어울리는구나를 깨닫게 되었다.

사진 속의 할머니는 좀 강퍅한 인상으로 찍혔지만 자리에 앉자마자 책도 읽고, 문자도 보내고, 뜨개질도 하셨다. 암튼 10여 분 되는 시간 동안 방안에 앉아 계신 것처럼 엄청 부지런하셨다.

도쿄의 할머니, 할아버지 들은 지하철에서 자리를 양보해 드리는 걸 결코 달가워하지 않으신다. 백이면 백 정중히 거절하신다. 물론 젊은 이들이 많이 양보하지도 않지만. 아마 평생 자전거를 타고 다니셔서 다리 힘이 튼튼해서가 아닐까? 확실히 우리나라 할머니, 할아버지 들하고는 다른 모습이다.

PM 6:45 도쿄의 색

요즘 도쿄의 날씨는 사흘 굶은 시어머니 인상인지 아침엔 한여름처럼 쨍쨍 해가 비추다가 저녁엔 장마철처럼 비가 좍좍 쏟아진다.

다메다(곤란하다)~ 이런 날씨.

하지만 비가 내리기 시작하는 저녁 무렵, 도쿄의 색은 정말 근사해진다. 츄오소부센을 타고 집으로 돌아오는 저녁. 푸르고, 어둡고, 슬프고, 가련한 저녁 색이 내가 살던 그곳에서 멀리 떨어져 와 있음을 실감케 했다.

그래서 가슴에 더 깊이 남았던 저녁 색이었다.

오렌지 빛 츄오센

학교에 갈 때는 츄오센을 탄다.

신주쿠에서 키치죠지까지 16분.

집으로 돌아올 때는 조금 널널한 소부센을 탄다.

키치죠지에서 신주쿠까지 18분.

때때로 일본 사람들은, 달려오는 전철에 자신을 던져 생을 마감한다. 인신사고人身事故. 여기 사람들은 그렇게 부른다. 원인은 스트레스, 고독, 우울증 기타 등등. 과도한 업무에 대한 부담과 그로 인한 스트레스가 많다고 한다.

그 이유로 전철이 연착될 때, 역무원은 방송한다.

"지금 인신사고로 전철이 연착되고 있으니 양해 바랍니다."

그래서 전철이 오지 않을 때 나는 생각한다. 누군가, 또 누군가가 지금 삶을 마감했구나. 누군가의 죽음으로 당신의 퇴근길이 조금 늦어지고 있음을 양해해 달란 걸까? 역무원의 인신사고 방송은 누군가의 부고로 전철 안에 울려 퍼진다.

인신사고가 가장 많이 일어나는 전철 노선은 츄오센이라고 한다. 전철의 색깔이 오렌지 빛인데 오렌지 빛이 사람의 마음을 가장 우울하게 만드는 색이기 때문에, 그래서 갑자기 달리는 전철을 향해 뛰어들어 죽고 싶게 만든다는 검증된 바 없는 소문이 있었다.

사실인지 아닌지 모르겠지만 한 달에 다섯 번 정도는 사고가 있었던 것 같다. 고로 일주일에 한 번 정도 인신사고로 학교에 지각했다. 그런 이유로 회사, 학교에 지각을 하면 '지연표'라는 작은 쪽지를 발급해 준

다. 너무 자주 있는 일이라 아무도 놀라지 않고 그저 묵묵히 늦는 전철을 기다린다. 비가 내렸던 그날도 인신사고로 츄오센이 오지 않아 나는 소부센을 탔다.

서쪽 사람, 동쪽 사람

오늘 갔던 사진전문학교에서 함께 학교 설명을 들었던 솜털 보송보송한 일본 소년(?)들 중 나카무라라는 아이(?)와 지하철을 같이 타고 돌아오게 되었다.

정작은 나카무라 상이라고 깍듯이 불렀지만 내 눈에 그는 명백한 소년이었다. 암튼 일본도 나이 개념 없는 나라니까 그냥 무슨무슨 상이

라 부르면 그걸로 끝이다.

나카무라는 큐슈 출신인데 사진 공부를 하러 도쿄로 올라왔다고 한다. 여기 사람들도 도쿄에 오는 것을 상경上京했다고 한다. 이상하게 큐슈 사람들에게 정이 간다. 내가 만난 도합 네 명의 큐슈 사람들의 이미지가 모두 비슷했고, 모두 맘에 들었고, 모두 편안하게 이야기를 건넬 수 있었다.

큐슈 사람들은 자신들을 니시노히또(西の人), 즉 서쪽 사람이라 칭하며 자신들을 설명한다. 늘 바쁘고 다소 냉정한 히가시노히또(東の人), 즉 동쪽 사람들인 도쿄 사람들에 비해 그들은 느긋하고 여유 있고 별로 동요되지 않아 보인다.

그 점이 맘에 든다. 그 점이 늘 긴장된 상태에 있는 외국인의 마음을 편안하게 해주었으리라. 그러면서 큐슈 사람들과는 도쿄의 복잡함과 깔끔함을 은근히 흉보게 된다. 그것 또한 재미있다. 도쿄 사람들, 좀 차갑지 않아? 그래그래, 왠지 좀 쌀쌀맞은 것 같아. 네 눈에도 그렇게 보이는구나.

확실히 일본은 네 개의 섬나라인지라 지방별 특색이 확실하다. 지리적으로 나누어져 있지 않되 특색이 확실한 우리나라와는 조금 다른 구분이다. 땅과 땅이 연결되어 있으면서도 다른 것과, 물 건너 있는 땅덩어리이기에 다른 것은 보다 근거 있는 다름이고, 그래서 다름의 명백한 이유가 있는 듯하다.

나카무라는 긴 머리에, 졸린 눈에, 지저분한 추리닝에, 맨발에 슬리퍼를 꿰고 나타났다. 마치 3분 거리 동네 수퍼에 가는 차림새였다.

서쪽 사람들이 지저분하고 낡은 스니커즈의 느낌이라면, 동쪽 사람들은 깔끔한 무채색의 구두를 신은 느낌이다.

수다 떠는 까마귀

도쿄 도심 한복판에서 만나는 까마귀의 존재는 가히 엽기적이다. 날개를 펼치면 그 폭이 비둘기와는 비교도 안 되며, 크고 까악, 까악―하는 우렁찬 울음소리는 누구를 원망하는 듯도 하고, 누구를 절박하게 부르는 듯도 하다. 한 마리가 울어 대도 가슴이 철렁한데 여러 마리가 떼지어 울어제칠 때, 그 소리의 충격은 상상을 초월한다.

하지만 시간이 지나자 까마귀들이 더 이상 무섭지 않게 느껴졌다. 아침마다 재활용을 위해 분리해 놓은 음식물 쓰레기를 뒤지며 아침식사를 해결하는 까마귀들을 보고 나서부터다. 도시에 사는 이상, 그들의 모습과 울음소리가 아무리 그로테스크해도 야성을 잃은, 날개가 좀 더 큰 비둘기일 뿐이었다.

도쿄에는 또 하나의 까마귀들이 있다. 바로 잿빛 양복을 입고 거리를 활보하는 샐러리맨 군단. 도심 속의 까마귀들과 오버랩되며 내 눈에는 그렇게 보였다. 온통 까맣고, 몰려다니고, 시끄럽다는 점에서.

이상하게 도쿄 남자들의 수트 색깔은 전부 검정색 계열이다. 짙은 회색이나 검정색 수트를 몸에 꼭 맞게 입는다. 곤색이나 브라운 계통의 수트를 입은 남자들을 찾아보기가 힘들다. 마치 직장 생활 하는 사람들의 유니폼 같다.

니시신주쿠는 비즈니스 빌딩의 요새다. 저녁 6시쯤 그곳을 걷다 보면 마치 까마귀 떼들이 옹송거리며 걸어가고 있는 듯한 착각이 들 만큼 검은색 수트를 입은 일군의 비즈니스맨들이 떠들면서 퇴근하는 모습을 볼 수 있다.

금요일 밤, 이자카야에서는 또 어떤가. 일주일의 피로를 풀기 위해 모여든 샐러리맨들의 수다는 까마귀 울음소리만큼이나 왁자지껄하고 시끄럽다.

아, 하나 더 있다. 온통 까맣고, 몰려다니고, 시끄럽다는 점 말고 그들이 까마귀를 닮은 이유. 더 이상의 자연 속의 야성은 남아 있지 않은 100% 도시 속의 존재라는 것.

오늘도 지하철에서 까마귀 떼를 닮은 그들과 마주쳤다.

까치발을 하고

어른들은 전철을 타면 책을 꺼내거나 핸드폰 게임을 하거나 잠을 자지만, 아이들은 창 밖을 내다본다. 차창 밖을 획획 스쳐 지나가는 바깥 세상이 신기한 것이다. 어떤 세상일까 궁금한 것이다.

도쿄 아이들은 식당이나 전철이나 다른 공공장소에서 떼를 쓰지 않는다. 참으로 얌전하고 조용하다. 뭔가를 사달라고 혹은 먹을 것을 달라고 발을 동동 구르거나 땅바닥에 주저앉아 우는 아이를 본 기억이 없다. 갓난아이 때부터 그러면 절대 안 된다고 엄하게 주의받으며 자란 탓이란다.

아이들이야 떠들고 떼 쓰고 산만한 게 특기일 텐데, 어른처럼 조용하고 기가 죽어 보이는 도쿄 아이들이 조금은 불쌍했다. 저 아이들이 자라서 세계적으로 예의바른 일본인이 되는 걸까.

그래도 아이 특유의 반짝반짝한 호기심은 억누를 수 없는 본능인가 보다. 까치발을 하고 창 밖을 열심히 내다보는 꼬마의 뒷모습. 차창 밖에는 어떤 세상이 있을까 궁금한 그 마음이 내게도 전해져 건너편 자리에서 꼬마를 몰래 찍다.

은밀한 매력을 기꺼이 즐기는 사람들

어떤 재미를 발견하고, 어떤 매력을 발견하느냐에 따라 인생은 바뀔 준
비를 한다고 생각한다. 예를 들어 아무리 멋대가리 없이 생긴 여자라도 하
나쯤의 매력은 있는 법이고, 그 매력을 발견할 수 있는 나름의 심미안이랄
까 취향이 있는 대상과 부딪힌다면 그녀는 그냥 멋대가리 없이 생긴 여자
가 아니라, 그 매력을 가진 '꽃'이 될 수도 있다는 것이다.

그런데 그 매력— 성실함, 총명함, 섹시함, 현명함, 순수함, 기타 등등—
이라는 게 내 생각엔 이렇다. 세상 사람들이 어렵지 않게 호명할 수 있는
기본적인 수순의 매력이라면, 뭐랄까. 긴장감이 없다. 너무 뻔하다고나 할
까. 한 사람쯤 굳이 매력적이라 찬양해 주지 않아도 뭐 괜찮을 것 같은 그
런 분위기. 진부한 매력.

그렇다면, 도쿄는 그런 모범생 같은 매력이 흘러넘치는 도시일까? 대답
은 1초 만에 '아닙니다.' 보통 영화나 드라마 속에 등장하는 모범생에겐
그 틀에 박힌 우수함 속에 숨통을 트이게 할 만한 은밀한 변칙적 취미가 하

나쯤 있다. 도쿄는 그런 변칙적 취미를 은밀히 가지고 있는 모범생의 얼굴을 하고 있는 도시로 내게 다가왔다.

예를 들면 이것이다. 도쿄의 전철 안은 정말 조용하다. 지금은 그 조용함에 많이 익숙해졌지만 처음 전철 안에 올라탔을 때는 순간순간 놀라웠다. 사람이 빽빽이 들어차 있는데도 반경 60cm 안의 사람이란 나밖에 없는 듯 너무나 적막했다. 도쿄의 전철 안에서의 핸드폰 통화는 금지되어 있기에 전화를 하는 사람도 거의 없었다. 간혹 옆 사람과 즐겁게 대화하거나 술에 취해 떠들고 있는 모습을 아주아주 드물게 볼 수 있을 뿐이었다. 그럼 다들 꼬막처럼 입을 꾹 다물고 뭘 하고 계시는 걸까?

책을 읽는다, 손바닥만한 문고판 책을. 핸드폰을 들여다보고 있다, 메일을 보내거나 아마 게임을 하고 있으리라. 맥주를 마시고 있다, 아니, 전철 안에서 음주를? 정확히 말하면 음주는 아니다. 이들에게 맥주는 술이 아니니까. 혼자서 얌전하고 조용하게 홀짝홀짝. 녹차 마시듯 캔커피 마시듯 캔맥주를 마시고 있다.

근데 이들이 묵묵히 들여다보는 그 책들이 다 고상한 취향의 베스트셀러일까? 아니다. 들여다보기에도 민망한 성인 만화를 비롯하여 성애 소설(일명 관능官能 소설), 자신의 취미와 관련된 전문 서적 등 그 종류가 가히 101가지다. 평범하고 성실하게 생긴 샐러리맨의 서류 가방에서 버젓이 나오는 성인물 만화. 그냥 조용히 신문을 읽듯이 울긋불긋 보기에도 야릇한 만화를 읽는다. 옆에 서 있던 검정색 수트 차림의 썩 잘생긴 총각이 읽고 있던 성인 만화를 흘깃 보고 그 19금 수위의 표현과 장면들에 헉!헉! 하고 두 번 놀랐던 도쿄 전철 생활 초기의 기억.

밤에 몰래, 자기 방 안에 틀어박혀 볼 법한 만화를 공공장소에서 버젓이 읽는 이유에 대해 나만큼이나 놀라서 묻는 사람들이 많았는지 그들은 이런 대답을 일제히 들려주더라. 그것은 그저 릴렉스의 일환이라고. 그 만화를 보고 성적으로 흥분하는 게 아니라 정신적 긴장감을 그저 푼다는 것이다. 왜 하필 그딴 만화를 보면서 삶의 긴장을 푸는 거냐고 따지지는 말자. 긴장을 푸는 방법이야 지극히 개인적 선택이니까.

곁에서 지켜본 일본 사람들은 잘 참는다. 그러나 대세는 참으면서 살지만 자신의 묘한 테이스트는 뾰족이 갈고 닦는 것 같다. 그래서인지 이들의 취미는 참으로 다양하다. 평범한 아줌마들이 플라멩코와 탱고를 배우는 것은 보통이고, 증권회사 샐러리맨이 2차대전 시대의 탄환들만 사서 모으고 (진보초 고서점가에는 그런 취미와 관련된 전문 서점도 있다), 한국어를 배우는 것은 영어를 배우는 것처럼 일반적인 일이고, 쿠바 어를 배우고 에스페란토 어를 그저 취미로 배운다.

외향은 또 어떠한가. 이들은 단정히 자른 긴 생머리를 거의 하지 않는다. 최소한 1대 5로는 싸워서 뜯겼을 법한 층진 머리. 심한 레이어드 컷으로 자신을 단장한다. 여자는 물론 남자도. 언밸런스 아방가르드 레이어드 컷이라고나 할까. 또 이들의 기본적인 패션 스타일은 빈티지 룩이다.

도쿄에 사는 동안 가장 즐거웠던 일 중 하나가 일요일마다 공원에서 열리는 벼룩시장 어슬렁거리기였다. 기상천외한 그들의 취향과 감각을 그저 보는 것만으로도 즐거웠다. 멋 좀 부린다 싶은 도쿄 젊은이들은 백화점에서 한 벌로 뽑은 듯한 기성복을 별로 사입지 않는다. 쓰레기장에서 주운 듯한 허름한 데님에 직접 염색한 무지개색 티셔츠를 겹쳐 입고 찢어 입고 둘러 입는다. 그 배째라 스타일들이 마음에 들었다.

매력이란 그런 것이다. 처음 마주쳤을 땐, 이게 뭐야 하고 눈살을 찌푸릴 만한 것도 자꾸 보면 눈에 익고 다정해 보인다는 것. 매력을 느끼는 취향에 있어서 영원불변한 테이스트란 없다. 얼마만큼 시간을 들여 익숙해지느냐 아니냐의 문제이지 정답을 찾을 문제는 아니라는 것. 그렇게 생각할 때 도쿄는 정답이 아닌, 고를 수 있는 매력적인 대안의 답을 많이 가지고 있는 곳이다. 최소한 그 대안에 대해서는 열려 있는 곳이라는 것.

그렇게 삐딱한 매력이 속속 숨어 있는 곳. 그리고 그 매력을 발견한 소수의 사람들에게 아낌없이 매력의 은총을 베풀어 주는 곳. 그 잡식성 테이스트의 도시가 바로 내가 발견한 도쿄였다.

일견 정형화된 사회로 보이는 도쿄였지만 내가 만난 각각의 도쿄 인들은 정말 '나'를 지니고 살아가고 있었다. 누가 알아 주지 않아도 자신의 정체성으로서 갈고 닦는 데 정성을 기울이는 은밀한 취향들. 도쿄는 그런 면에서 '개인'이 살아가기에 적절한 장소라는 생각이 들었다. 그래서 어쩔 수 없이 쓸쓸함의 냄새가 풍기지만 그 냄새가 싫지만은 않은 곳이라는.

식당에서

45도쯤 비켜 앉아 밥을 먹다

할아버지, 아저씨 둘, 그리고 나, 도합 네 명의 손님이 묘하게 비켜 앉아 묵묵히 밥을 먹고 있던 키치죠지의 어느 소바집 풍경.

사실 밥을 먹다 무심코 앞 테이블에 앉아 있는 사람과 눈이 마주치는 것만큼 머쓱한 일도 없다. 그래서 다른 사람에게 폐 끼치는 걸 극도로 싫어하는 도쿄 사람들은 그런 것까지 배려하여 고개를 들어도 눈이 마주치지 않을 묘한 각도로 비켜 앉아 밥을 먹나 보다.

사람이 많이 모여 있는 곳이라면 시끌벅적할 것이 당연지사인데 그런 공간임에도 불구하고 참으로 적막할 수도 있다는 것이 도쿄라는 도시의 특징이랄까. 전철 안이 그렇고 식당 안이 그렇다.

예의바르다는 것과는 조금 다른 의미 같다. 예민하다는 게 아닐까. 그렇다. 도쿄 사람들은 다른 사람에게 끼치는 영향과 끼쳐지는 영향에 대해 극도로 예민하다. 밥을 먹을 때라고 예외는 아닐 것이다.

적막한 소바집에 울려퍼지는 소리라고는 후루룩 후루룩 면발을 삼키는 소리뿐이다.

카페 도시, 카페 라이프

도쿄에 사는 동안 카페를 도서실로 참 많이 이용했다. 물론 학교나 집 근처에 훌륭한 도서실이 있었지만 8시면 그곳이 문을 닫는 관계로, 혹은 적당량의 소음과 커피가 있어야 집중이 잘된다는 핑계로, 스타바(스타벅스의 일본식 준말)나 마끄(맥도날드의 일본식 준말)를 애용했다.

커피 한 잔 시켜 놓고 서너 시간 앉아 있는 건 기본. 그건 나뿐 아니라 도쿄 사람들도 마찬가지였다. 카페에서 책 펴놓고 하루종일 공부하는 사람들이 수두룩하다.

아르바이트를 했던 이케부쿠로 준쿠도 서점의 카페에도 한 자리에 앉아 무려 11시간 동안 수험 공부에 열중하던 학생들이 꽤 있었다. 아르바이트하는 입장에선 좋았지만 주인장의 입장에선 속이 탔을 것이다. 준쿠도 카페는 조용하고 널찍한 탁자가 놓여 있어 책을 읽거나 작업을 하기에 좋은 곳이어서였는지 《동경주먹》, 《총알발레》의 영화감독 츠카모토 신야(塚本晋也)*도 가끔 찾아와 노트북을 펼쳐 놓고 작업을 하곤 했었다.

카페는 도쿄 사람들의 생활 공간이다. 단지 사람을 만나기 위해 들르는 장소가 아니라 공부를 하고, 신문을 읽고, 책을 읽고, 뜨개질을 하고, 노트북으로 인터넷을 하고, 애견을 데리고 와 잠시 쉬어 가는 그런 장소다. 심지어 잠깐 자다 가는 사람들도 있다. 물론 대부분 혼자다.

커피에 대한 도쿄 사람들의 입맛이 까다로워서인지 아무리 작은 카페라도 커피맛은 대부분 훌륭했다. 맛있는 커피 한 잔과 함께 잠시 바쁜 숨을 고를 수 있는 카페들. 도쿄 사람들의 카페 라이프엔 담배와 휴대폰, 검은 커피와 홀로의 침묵이 함께한다.

시크시크 5엔

집 근처에 아침 7시까지 문을 여는 '오오짱(큰형님)'이라는 야키도리야(꼬치구이집)가 있었다. 야키도리 가격이 저렴하고 점원들 분위기가 아주 유쾌하여 겨울에 특히 자주 들러 따끈한 정종 한 잔씩을 했었다.

아르바이트를 마치고 집에 가는 밤, 오오짱 앞을 지나가는데 평상시와는 다르게 사람들이 가게 앞에 잔뜩 몰려 서 있다. 테이블을 바깥에 내다 놓고 뭔가를 나눠 주고 있는 듯도 했다.

다가가 물어보니 그날이 오오짱이 오픈한 지 1년이 되는 날이란다. 그래서 축하 이벤트로 니혼슈(일본술) 한 잔과 떡을 사람들에게 나눠 주고 있었다. 여기도 축하할 일이 있으면 떡을 돌리는군.

공짜술을 지나칠 수 있나. 덕담 한 마디를 건네고 술 한 잔을 얻어마셨다. 제대로 맛있는 니혼슈였다. 술맛을 칭찬하자 호탕한 여걸 스타일의 여자 안주인이 고맙다며 작은 봉투 하나를 내밀었다.

□ 츠카모토 신야(塚本晋也) 1960년생. 일본의 데이빗 린치로 불리는 영화감독. 《쌍생아》 《총알발레》 《6월의 뱀》 등의 대표작이 있다. 어쩌면 누구나 자신의 내부에 지니고 있을 괴물 같은 존재와 분열된 자아 들을 기발한 스토리 라인과 그로테스크한 화면 속에 그려 낸다. 부인하고 싶을지 모를 인간의 악하고 붕괴된 모습까지 무척 사실적으로 표현하는 감독.

설날에 세뱃돈을 넣어 주는 오토시다마(年玉). 그냥 흰 봉투가 아니라 행운을 비는 그림이 그려진 아기자기한 봉투였다. 고맙다는 쪽지라도 넣었나 하며 봉투를 열어 보니 주인장이 손으로 정성껏 쓴 감사 편지와 5엔짜리 동전 하나가 들어 있었다.

웬 5엔? 10엔도 아니고 5엔을 다 넣어서 손님들에게 준 걸까? 편지를 읽어 보니 5엔의 의미가 밝혀졌다. 5엔은 일본어로 '고엔'이라 읽는데 그 '엔'이라는 발음은 인연을 뜻하는 '엔'과 같은 발음이다. 손님들과의 인연을 소중히 여기겠다는 마음으로 5엔 동전을 봉투에 전부 넣어 손님들께 드린다고 했다. '고'는 높임말 앞에 붙이는 일본 고유의 접두어.

미소가 입가에 번졌다. 손바닥에서 반짝이는 5엔짜리 동전을 물끄러미 바라보자 이국에서 만났던, 이름을 일일이 붙일 순 없지만 마음을 뭉클하게 해주었던 소중한 인연들이 떠올랐다. 내 인생은 그 인연들이 모여 앞으로 나아가고 있는 것일지도 모른다.

일본어 표현에 '무네가 시크시크~'란 말이 있는데, 뜻은 가슴이 욱신욱신. 어떤 일에 마음이 뭉클했을 때 쓰는 표현이다. 그 5엔짜리 동전 하나에 무네가 시크시크해졌다.

혼자 밥 먹는 사람들

세상 사람들을 둘로 분류하는 습관은 하루키의 소설 속에서 시작되었다고 본다. 적어도 하루키 이전에는 '세상 사람들은 이런이런 사람과 그 반대의 이런이런 사람으로 나뉜다' 류의 말투는 없었다. 하루키 식으로 말하자면, 그리고 나의 생각을 돈가스에 곁들여진 양배추처럼 곁들여 말하자면 세상에는 혼자서도 밥을 잘 먹는 사람과 혼자서는 절대로 밥을 먹으려 하지 않는 사람으로 나뉜다, 라고 말하고 싶다.

나는 어느 쪽이냐면 단연 전자다. 혼자서도 밥을 잘 먹는 것은 물론, 어디서든 밥을 잘 먹으며 화장실도 잘 간다. 친구들 중에는 간혹, "혼자서는, 특히 식당 같은 데 들어가서 밥은 절대로 못 먹겠어"라는 대사를 읊는 아이들이 있다. 그런 친구들은 도쿄 생활에 절대 적합하지 않다. 왜냐하면 도쿄 사람들은 대부분 혼자서 밥을 먹고 있기 때문이다. 밥뿐이랴. 도쿄의 사람들은 뭐든 참 혼자서 잘하는 것처럼 '보인다.' 그게 어쩔 수 없이 혼자이기 때문에 그런 것이든, 아니면 혼자가 편해서 그러는 것이든, 같이 밥 먹던 멤버와 헤어졌기 때문이든 그건 알 수 없다. 어쨌든 그들은 혼자서 묵묵히 참 의연히 밥을 먹는다는 것.

밥을 먹는다는 것은 어차피 혼자만의 행위이기 때문에, 혼자 밥 먹기는 가장 기본적인 생활의 셀이 된다. 그래서 누군가와 밥을 먹는다는 건 개인을 벗어나 관계를 맺기 시작했다는 걸 의미하고, 사회 생활을 의미하고, 조금 더 확대 해석하면 일차원적인 의식주의 공유가 시작됐음을 의미한다. 어떻게 생각하면 누군가와 밥을 먹는다는 건 의식치 못한 종속 관계의 시작일 수도 있다. 암묵적으로 공유해야 할 '관계'가 개입되기 때문이다.

한국 사람들은 밥을 같이 먹어야 친해진다는 일반적 신화를 믿고 있지만, 적어도 내가 본 도쿄 사람들은 밥을 같이 먹는다고 친해지는 사람들은 아닌 것 같다. 물론 무언가를 같이 먹고 마시는 행위에는 친근감이 곁들어질 확률이 높다. 하지만 그게 관계 형성의 절대 조건은 아니라는 것이다. 혼자서 묵묵히 밥알을 씹는 그들을 보며, 그 옆에서 나도 함께 혼자서 밥알을 씹으며 그 사실을 느꼈다.

밥만 혼자서 먹는 게 아니다. 야키도리야(꼬치구이집)나 야키니쿠야(불고기집)에도 혼자 들러 고기를 구워 먹고 맥주를 마시는 사람들이 많다. 야키니쿠야에서 아르바이트를 시작했던 일본어학교 후배가 해준 이야기. "언니, 언니. 여기 애들은 고깃집에 혼자 와서 고기를 구워 먹어요, 글쎄. 혼자 테이블 차지하고 앉아서 고기 먹고 맥주 마시다 가요." 내 눈으로도 많이 목격한 바다. 왁자지껄, 거나히 취해 있는 분위기 속에서 꿋꿋하게 혼자 마시고 혼자 취해 간다. 오, 저게 웬 뺄쭘함이람. 처음엔 그렇게 속으로 놀랐지만, 6개월쯤 지나니 그냥 그러려니 싶어졌다. 나도 야키니쿠야까지 진출은 못했지만 아르바이트가 끝난 밤 시간, 종종 카운터 식 야키도리야에 들러 나마비루(생맥주) 한 잔에 레바(간) 꼬치를 먹으며 하루를 마감했다.

술을 마시고 싶기 때문에 혼자 술을 마시고 밥을 먹어야 하기에 혼자 밥을 먹는다. 그게 허름한 신주쿠의 야다이(포장마차)이건 에비스의 고급 레스토랑이건 장소는 관계없다. 한 끼 밥을 먹는 장소일 뿐이고, 내가 선택한 코노미(취향)일 뿐. 혼자 밥 먹는 사람들을 아무렇지도 않게 보아 넘긴다는 건, 일종의 톨레랑스일 수 있다고 생각한다면 오버일까. '밥을 꼭 누군가와 같이 먹어야 해, 밥을 먹어야 우린 친해질 수 있어'라는 무언의 암시는 '혼자서는 외로워서 고독해서 밥을 못 먹겠어'라고 말하는 사람들을 탄생시켰는지도 모른다. 그러나 단지 외로워서 고독해서 밥을 혼자 못 먹겠어라고 말한다면, 어떻게 혼자 잠들 것이며 어떻게 혼자 잠에서 깰 것인가.

외로움이 꼭 나쁜 것만은 아니다. 그 고독함이 있기에 비로소 사람은 자신의 배설물을 들여다보며 자기 존재를 성찰하는 게 아닐까. 당장 우리는 혼자서 태어나고 혼자서 죽음을 맞이하지 않는가. 사고의 축을 조금만 비틀어 생각해 보면, 진정한 의미로 철저히 혼자일 수 있다면 '나'와 '세상'이라는 둘만의 심플한 구도가 탄생하기에 내가 직면하는 세계는 그만큼 넓어질 수도 있다.

누군가와 함께하는 둘의 바운더리는 아늑하지만 둘은 둘의 얼굴을 마주 보느라고 세상에게 등을 보여야 할 것이다. 물론 "그 바운더리의 아늑함이

정말 좋아"라고 말한다면 할 말은 없지만, 혼자서 누리는 단촐함과 혼자서
누릴 수 있는 수많은 공간도 그에 못지 않게 좋다고 도쿄에 와서 나는 더욱
말하고 싶어졌다. 혼자 예찬의 이야기가 되어 버렸을지도 모르겠다. 그러
나 혼자 밥 먹는 사람들의 도시 도쿄가, 혼자 밥 먹는 호젓함까지 즐길 수
있는 충만함이 있을 때 느껴지는 일상의 소박한 파워에 대해 가르쳐 준 것
같다. 적어도 혼자임을 즐길 수 없는 사람이라면 누군가와 함께 있어도 진
정으로 즐길 수 없음을 알겠기 때문이다.

사람들 틈에서

바람의 아이들

이곳의 초등학생 꼬마들은 모두 교복에 모자, 란도셀을 매고 다닌다. 귀엽다. 종알종알 나보다 더 유창하게 일어를 구사하는 아이들…

지하철 플랫폼에서 만난 참새 같은 아이들이 무얼 열심히 하고 있길래 슬쩍 다가가 지켜봤더니 실뜨기를 하고 있네. 이 첨단 21세기에 참 고전적인 놀이를 하고 있네. 놓칠 수 없어서 몰래 찰칵.

일본 부모들은 자신의 아이들에게 아무리 추운 겨울에도 맨다리에 양말 하나 달랑 신겨 내보낸다. 12월 엄동설한에도 맨다리에 무릎양말 하나 신고 씩씩하게 돌아다니는 아이들.

추위에 강한 사람으로 키우기 위해서라고 하더라. 그런 아이들을 일본 사람들은 '바람의 아이들'이라 부른다. 아이들뿐이랴. 사실 도쿄의 멋쟁이 아가씨들도 엄동설한에 맨다리 위 부츠 한 장 걸치고 다니는 건 기본이다. 그녀들은 그럼 바람의 아가씨들?

모습으로 말한다

　핸드폰으로 뒷모습이나 옆모습을 훔치기란 사실 어려운 일은 아니다. 마음에 드는 뒷모습을 발견하고 살금살금 쫓아가며 폴더를 열고 찰칵. 옆에 앉은 누군가의 얼굴을, 문자 메시지를 보내는 척 하며 찰칵.

　뒷모습은 무방비 상태의 자아 같다. 그래서 더 도발적이다. 뒤통수, 드러난 목선, 등, 불거진 종아리, 구두 뒤축. 앞을 향한 시선이 절대로 닿을 수 없는 안타까운 공간이라서일까, 타인에게만 허락된 그 뒷모습을 바라보며 앞을 향해 열린 그 사람의 시선을 상상한다.

　도쿄 여자들의 뒷모습 또한 살짝 도발적이다. 그녀들의 양손에 빠지

지 않는 것이 있다면 한 손엔 케이타이, 한 손엔 담배다.

옆모습은 이상하게 조금은 애처롭다. 늘 골똘히 무언가를 생각하는 모습 같기도 하고, 뭔가를 고민하는 모습 같기도 하다. 어디를 보고 있는 것인지 그 시선의 끝을 조금은 함께 쫓을 수 있기 때문에 애처로운 게 아닐까.

전철에서 건너편의 자는 모습을 보면 피식 웃음이 나온다. 머리를 유리창에 쿵쿵 부딪히며 자는 모습을 보면 저렇게 피곤할까 싶어 이 또한 애처롭기도 하고.

도쿄의 전철 안엔 마치 그 시간이 새벽 3시쯤인 것처럼 꿈나라에 빠져 있는 샐러리맨들이 유난히 많다. 어느 날은 전철에 올라탄 순간 그 칸에 앉아 있는 승객 전원이 깊은 숙면에 빠져 있는 모습에 잠시 내가 수면 캡슐이라도 탄 게 아닌가 싶어 깜짝 놀랐었다.

전철 안에서 자고 있는 샐러리맨들이 도쿄의 꼴불견이라는 말을 일본 사람들은 종종 내뱉는다. 창피하다는 듯. 하지만 내 눈엔 그들의 피곤함이 더 먼저 존중되어야 할 그 무엇이라는 생각이 들었기에 오히려 불쌍하다는 생각이 들었다. 목적지로 향하는 그 잠깐 동안의 시간, 그쯤이야 꿈나라로 가도록 허락해 줘도 되는 게 아닐까.

아니, 과연 꿈을 꾸기는 하는 것일까? 놀라운 건 그렇게 처절히 자고 있다가도 각자의 목적지에 도착하면 귀신같이 눈을 뜨고 전철에서 내린다는 것. 그건 어딜 가도 마찬가지인 전철 수면족들의 필수 조건 인가 보다.

서점에서

꿈의 도서관

집에서 5분 거리에 근사한 구민 도서관이 있었다. 만날 학교 근처 키치죠지 도서관만 이용하다가 오늘은 슬리퍼 직직 끌고 그곳에 가봤다.

건물 앞마당엔, 검붉은 사쿠람보(버찌)를 조롱조롱 매달고 있는 소메이요시노(왕벚나무)들이 가득. 또 저쪽 운동장엔, 바람에 찰랑찰랑 부딪히는 잎사귀들 소리가 근사한 키 높은 플라타너스들이 가득.

그리고 넓지도 좁지도 않은 딱 적당한 넓이의 책 읽는 공간, 공부하기에 좋은 널찍한 책상이 밝은 창가에 가지런히 정돈되어 있는 열람실, 낡았지만 깨끗한 책들.

돋보기를 눈에 대고 고서 《에도 시대 도쿄》라는 책을 읽는 할아버지. 퇴근길에 들른 듯, 수트를 벗고 잡지를 읽고 있는 웬 청년. 이젠 슬쩍 익숙해진 까마귀 합창 소리.

그리고 무엇보다 2층 열람실, 책상 옆 유리창가로 성큼 올라와 낑낑

대며 숙제하는 날 지긋이 바라보고 있던 후리후리 키 큰 나무가 처음 보는 데도 진정 마음속으로 그리웠다.

　도서관 국내 소설가 코너에서 무라카미 하루키의 책들을 발견했다. 오리지널로 읽어보는 《TV 피플》. 그리고 《슬픈 외국어》, 원제는 《이윽고 슬픈 외국어》였다.

　잡지 같은 도시, 잡지 같은 일상

　도쿄라는 도시가 좋았던 이유 중 하나는 도시 곳곳에 훌륭한 서점이 많아서였다. 서점뿐인가. 온갖 종류의 책들, 온갖 컨셉의 잡지. '누가 이런 책을 사서 읽을 것인가!'라는 생각이 들 정도로 엉뚱한 컨셉과 주제의 책들이 도쿄의 서점엔 차고 넘쳤다.

　일본 친구가 내게 도쿄의 정의를 내려 보라고 해서 '잡지 같은 도시'라고 했더니 수긍을 하더라. 잡지가 무엇인가. 온갖 트렌디한 정보들이 뷔페처럼 진열되어 있는 것 아닌가. 그러나 그 정보들은 한 달, 혹은 한 계절에 한 번씩 발행되며 그 시간이 지나면 과월호가 된다. 지나간 정보가 되는 것이다. 하지만 그 지나감에 대해 아무도 아쉬워하지 않는다.

　잡지는 그달 필요한 정보를 얻기 위해 사서 읽는 월중 행사 같은 것. 내 취향, 내 관심사와 맞는 잡지, 내 마음에 드는 특집 기사가 실린 잡지를 사서 열심히 읽고 쌓아 두면 그뿐이다.

　도쿄는 그렇게 각양각색의 트렌드들이 빼곡이 들어서 있는 도시다. 꼭 그 트렌드들이 주류는 아니다. 비주류의 감성, 아웃사이더의 취향이라도 다양한 목소리로 소량 발행해 내는 잡지—혹자는 오타쿠의 취향이라 칭하는—들의 천국이며, 그 숨어 있는 목소리들을 귀신같이 쏙쏙 빼내어 내 것으로 만들 수 있는 곳이 바로 잡지 같은 도시, 도쿄의 매력이라는 것이다.

　그 잡지와 책들에 둘러싸여 있다 보면 시간 가는 줄 모르게 된다. 그 트렌드들이 끊임없이 순환되고 사라지고 새로운 트렌드로 치환된다. 그러나 끝까지 살아남는 트렌드도 분명 존재한다. 그래서 트렌드가 아닌 트레디션으로 살아남기도 하는 것이다. 도쿄엔 첨단과 전통이 참 사이좋게 공존한다. 10년 넘게 그 자리를 지키고 있는 작은 카페에는

10년 넘게 같은 맛을 지키고 있는 커피도 있는 한편, 끊임없이 새로운 메뉴가 개발되어 손님들에게 선보이기도 한다.

잡지가 누군가의 취향을 만족시키기 위한 수단이자 취미 생활일 수 있다면, 도쿄는 그 타인의 취향에 대해 꽤 섬세하게 배려하는 도시일 수 있겠다는 생각을 했다.

집에 돌아가는 길, 이케부쿠로 역 앞 파르코 백화점의 리브로 서점에 들러 내 책장인 양 온갖 잡지와 예술 서적들을 읽는 것이 중요한 일과 중 하나였고, '작지만 확실한 행복(小確幸)' 중 하나였다. 프랑스 속담에 '인생은 작지만 확실한 행복한 순간들이 모여 이뤄진다'는 말이 있다.

기억의 신

사진 속의 빌 헨슨Bill Henson*은 일본에 와서 처음 접한 사진가다. 사진집의 제목 《MNEMOSYNE》 또한 처음 접하는 단어. 기억의 신, 기억의 뮤즈라는 뜻이다. 그리고 사진 또한 처음 접하는 분위기. 렘브란트의 그림 같은 사진들이었다. 극소량의 빛으로 어둡게, 그러

□ 빌 헨슨(Bill Henson) 1955년생 호주의 사진가. 1995년 베니스 비엔날레 호주 대표로 참가. 극도로 절제된 빛 속에 신비하게 빛나는 사람들의 표정과 누드 사진들을 커트하여 구성한 몽타주 기법의 사진이 특징. 렘브란트의 그림을 보는 듯 고전적이지만 아름다운 빛과 노출의 사진으로 유럽에서 각광받고 있는 작가.

나 그렇기 때문에 드러난 피사체의 빛이 더욱 인상적인. 그가 표현하고 싶었던 기억이란 이런 것이었을까? 기억의 색과 형태라는 걸 그는 이렇게 표현한 것일까? 너무 미화된 것이 아닐까?

그러나, 내 기억 속에도 이런 빛과 어둠을 한 번쯤은 저장해 놓고 싶을 만큼 아름다운 사진들이었다. 우울해서 더 아름다운 사진. 슬픔의 아우라가 담겨져 있어 그 처연함이 아름다운 사진들이었다.

와타리움 미술관

동물들은 냄새나 상처로 영역을 표시해 놓지만 사람은 단골, 손때, 기억들로 자신의 구역을 표시한다. 가령 단골 카페나 작은 바가 있기 때문에 그곳을 이사가지 못한다는 이유는 사람에게 설득력 있다.

마음이 지쳤을 때, 이유없이 외로울 때, 홀로 쉬고 싶을 때, 그냥 차 한 잔 하고 떠날 수 있는 카페나 고즈넉한 서점, 소박한 공원이나 좁은 산책길. 아니면 유난히 그 조명이 마음에 드는 편의점이나…

단골을 만들어 놓으면, 혹은 아지트를 만들어 놓으면, 그곳에 사는 것이 조금은 더 빨리, 그리고 더 오래 달콤해질지 모를 일이다. 이런 걸 '정을 붙인다'라고 이야기하나 보다. 도쿄에도 물론 내 아지트가 생겼다. 그러면서 그곳에 나는 알게 모르게 담뿍 정이 들었다.

가이엔마에 근처에 있는 와타리움 미술관. 지하는 카페와 서점, 1층은 아트샵, 2층이 갤러리였다. 사실은 아무에게도 말해 주고 싶지 않은 내 아지트였다. 그만큼 욕심나고 소중했던 공간. 그곳의 다락방 같은 카페 '온 선데이즈 On Sundays.' 자리에 앉아 소들의 목에 걸려 있는 투박한 종을 울리면 잘생긴 아저씨가 친절한 미소로 서빙을 받으러 와주었던. 사실, 처음 두 번 정도는 서빙 보는 아저씨 인상이 넘 맘에 들어 그곳을 찾았었다. 고백하건대.

또한 각종 아트 서적과 사진집 들을 마음껏 볼 수 있는 서점도 일품이었다. 좀처럼 보기 힘든 사진가들의 데뷔 사진집들과 보는 것만으로도 자극이 되고 영감을 불러일으켜 주었던 보석 같은 제3세계의 책들, 사진 무크지들이 그득했다. 서점 주인의 취향이 아주 마음에 든다. 잘 팔리는 책, 인기 작가의 책뿐 아니라 확실한 철학과 자신만의 안목으로 책을 골라 놓는 것이 느껴졌다.

일본인들에게 남준 파이크라고 불리는 백남준 회고전을 그곳에서 봤고, 듀안 마이클Duan Michals,* 로버트 프랭크Robert Frank* 등의 비교적 초기 사진들로 구성된 〈꿈 속에서 발견했던 거리〉라는 주제의 사진전도 인상적으로 봤었다.

뭔가 생각이 막혀 답답할 때, 다른 사람들은 어떤 생각으로 사진을 찍나가 궁금할 때, 와타리움 한 방이면 어느 정도 답답함이 해소되었다. 와타리움 미술관을 찾는 길은 신주쿠 대로변의 기노쿠니야 서점을 찾는 것처럼 쉽지는 않다. 아오야마와 오모테산도의 중간 어디쯤에 살짝 숨어 있는 그곳. 다섯 번쯤 헤매고 찾아간 후에야 겨우 그 위치를 머리 속에 입력시킬 수 있었던 이상한 나라의 갤러리.

"이랏샤이마세(어서오세요)"라는 완벽한 문장 대신 "이랏샤이"라는 경쾌한 인사말로 손님들을 맞아 주셨던 서점 아저씨의 음성. 가끔 듣고 싶어지는 사람의 목소리 중 하나다.

□ 듀안 마이클(Duan Michals) 1932년생 미국의 사진가. 단순한 장면 포착이 아닌 다중 노출, 몽타주, 연출에 의한 창조적 사진을 찍음. 사진에 자필 캡션을 소설처럼 써서 스토리를 만들거나 영화 속의 스틸 컷 같은 연속 프레임 구성의 사진으로 비현실적 꿈의 세계 및 무의식의 세계를 시각화해 냄. 시간과 공간을 과감히 배반하고 자신만의 세계를 적극적으로 그려 낸 포토 시퀀스로 유명한 작가.

□ 로버트 프랭크(Robert Frank) 1924년생 스위스의 사진가. 현대 사진의 아버지라 불리며 내면의 흐름에 충실한 다큐멘터리 사진으로 현대 사진의 새로운 장을 엶. 그 전까지의 다큐멘터리 사진이 있는 그대로의 현실 및 사건을 있는 그대로 재현하는 보고성에 중점을 두었다면, 로버트 프랭크는 사진을 찍는 자아가 무엇보다 전면에 드러나는 방식의 다큐멘터리 사진을 시도했다. 대표적인 작품집으로 《Americans》가 있다.

집에 가는 길

학교가 있는 나카노사카우에에서 신주쿠까지 걸어가는 길.

그 도시, 그 밤의 풍경.

가슴 속에 각인되다.

어떡하지… 이 도시랑 사랑에 빠진 것 같아.

산보사진

이케부쿠로 역 출발, 메지로, 다카다노바바를 거쳐 신오오쿠보 큰길까지, 도보 2시간 반. 땡볕에 땀 말리며 걸으며 사진을 찍었다.

골목골목 일본 특유의 적산가옥들, 목조 건물, 쌀가게, 론다리(세탁소), 곳곳에 숨통 트이는 공원.

일본 집들은 좁기로 유명하다. 마당이 없는 것은 당연한 일. 집집마다 대문 밖이 바로 길이다. 그런 길가의 대문 앞이며 창가를 꽃집처럼 꽃과 화분으로 아기자기하게 꾸며 놓았다. 그래서인지 낡은 집들도 황량해 보이지 않고 아늑한 분위기다.

자식 대신 강아지를 아기처럼 끌고 다니는 노인들, 텐트 치고 공원 점령한 홈리스들, 역시나 까마귀들.

일본 사람들은 이렇게 산책하며 골목골목들을 찍는 사진 스타일을 '산보사진'이라 부르더라. 명칭이 좀 생소하지만, 엄연한 장르로 인정받고 있는 듯. 역시 산보와 골목길은 떼어 놓을 수 없는 관계인가 보다. 골목골목을 산보하는 재미도 도쿄 생활과 떼어 놓을 수 없는 관계였다.

일상을 널다

볕이 좋은 날 아침이면 도쿄 사람들은 경쟁하듯 빨래를 넌다. 빨래가 베란다에, 창가에 걸려 있는 풍경. 처음엔 그 빨래들이 속옷부터 이불호청까지 너무 적나라하여 놀랐다. 그러나 빨래는 그저 빨래일 뿐.

그 빨래를 보면, 그 사람이 입는 옷가지는 물론, 심지어 속옷까지도 대충 짐작이 되고, 가족이 몇명인지도 얼추 알아맞힐 수 있다. 약간은 초라하고 약간은 누덕한 매일매일의 일상을 숨김없이 햇볕에 말리며 보송보송해지는 걸 기다리기를 그들은 주저하지 않는다.

포스트모던 화장실

신주쿠 역 화장실의 난해하고 기이한 붉은 벽. 바라보고 있노라면 5차원의 다른 세상으로 이동할 것만 같은 집요한 반복과 묘한 리듬감의 붉은색 타일 벽이었다. 화장실에서만큼은 화장실 밖의 지루한 일상을 잊으라는 뜻? 시원한 배설을 위한 전혀 다른 세상이라는 뜻?

신주쿠 역. 세상에 그렇게 복잡한 장소는 아마 흔치 않으리라.

포스트모더니스트 모리야마 다이도(森山大道)*와 에로틱(?) 모더니스트 아라키 노부요시(荒木經惟)*는 신주쿠를 주제로 함께 사진전을 열었었다. 모리야마 다이도의 신주쿠는 쓸쓸했고, 아라키의 신주쿠는

□ 모리야마 다이도(森山大道) 1938년생. 오사카 출신. 기존의 사진 문법과 틀을 깨고 자신만의 급진적 표현 방식으로 사진을 찍음. 우연과 사고로 상징되는 노파인더 촬영 방식, 흔들리고 초점이 맞지 않고 본능에 의지하여 찍어 내는 화면 구성, 강한 콘트라스트와 거친 입자의 프린트로 대변되는 그만의 사진 속에는 현대인들이 느끼는 강박이나 고독과 불안이 모두 담겨 있다. 대표적인 사진집으로는 《개의 기억》《사진이여, 안녕》《신주쿠》《에로티카》등이 있다.

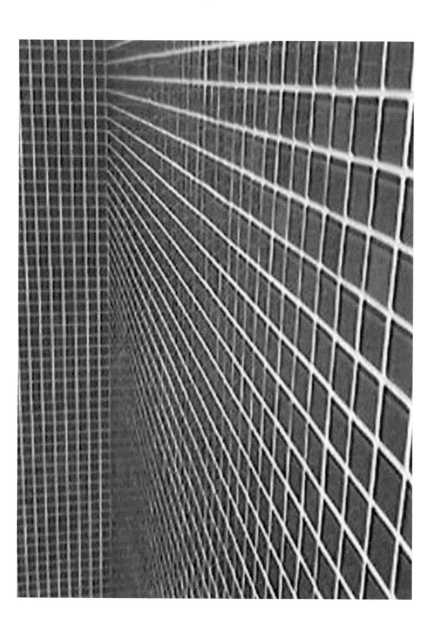

기이했다. 일본을 사진에 담으러 오는 사진가들이 가장 먼저 들르는 곳도 신주쿠라고 한다.

볼런티어 회화 시간에 만난 큐슈 출신의 히토미 상은 신주쿠에 온 첫날, 끝도 없이 밀려오는 인파에 웬 마츠리(축제)가 열린 줄 알았단다. 일본 사람들도, 도쿄 사람이 아닌 이상은 신주쿠의 형이상학적 복잡함에 놀라워하는 것이다.

신주쿠 역에 닿을 때마다 철학하는 안드로이드의 고독과 우울한 세기말의 도시를 그린 《공각기동대》의 오시이 마모루(押井守)*를 떠올린다. 저 수많은 사람들이, 온전히 이곳에 머물지 않고 그저 스쳐 지나간다. 사람들이 닿고, 떠나고, 스치고, 옮겨 가는 신주쿠 역은 꾸역꾸역 순간을 토해 내되, 어느 순간도 영원으로 간직하려 하지 않는 냉정한, 그러나 살아 있는 거대한 유기체 같다는 생각이다.

신주쿠 역에서 길을 잃지 않게 된다면, 도쿄 생활에 익숙해진 거라고 했다. 도쿄를 떠나올 때쯤에는 신주쿠가 서울의 우리 동네처럼 익숙해져 버렸다. 놀라워라, 시간의 힘. 그리고 익숙해져 간다는 것.

□ 아라키 노부요시(荒木經惟) 1940년생. 도쿄 출신. 삶을 관통하는 가장 큰 줄기로 섹스와 죽음을 테마화하여 방대한 사진 작업을 하는 사진가. 죽음을 상징하는 '타나토스'와 섹스의 세계를 상징하는 에로스의 합성어인 '에로토스'란 말을 만들어 자신의 사진 세계를 대변하는 등 극단적이지만 심플한 표현 방식으로 삶의 비의 및 일상들의 사진을 왕성하게 생산해 냄. 《센티멘탈 저니》《ARAKI》 등 총 150여 권이 넘는 사진집을 출간했으며, 지금도 끊임없이 출간중.

□ 오시이 마모루(押井守) 1951년생. 도쿄 출신. 미래 사회에 대한 철학적 성찰을 다룬 무게감 있는 작품들로 유명한 애니메이션 영화감독. 한때 우리나라는 물론 세계 젊은이들 사이에 미래 사회에 대한 불안한 상징 및 예견들의 아이콘이 매혹적으로 펼쳐졌던 애니메이션 《공각기동대》 붐을 일으킴. 대표작으로 《인랑》《이노센스》《아바론》 등이 있다.

이세탄 블루

신주쿠의 상징 이세탄 백화점. 크리스마스나 연말 연시가 되면 도쿄의 백화점들도 어김없이 화려한 불을 밝힌다. 이세탄의 크리스마스 장식 조명은 신주쿠 역에 내리자마자 보일 만큼 크고 환하고 화려하다.

시이나 링고(椎名林檎)*라는 카리스마 120%의 여가수가 있다. '도쿄지헨(東京事變)'이라는 그룹을 만들어 리드보컬로도 활약했는데 섹시하고 도발적이며 우주에서 날아온 듯한 노랫말과 노래를 만들어 내

□ **시이나 링고(椎名林檎)** 1978년생. 그룹 '도쿄지헨(東京事變)'의 리드 보컬. 고양이를 연상시키는 매혹적인 목소리의 소유자. 작사 작곡에 모두 능한 여성 뮤지션. 도발적인 무대 매너와 상식을 뛰어넘는 파격적인 노래 가사 및 세련된 스타일로, 일본 여성들이 가장 닮고 싶어하는 여성으로 매년 뽑힐 만큼 존재감 넘치는 아우라의 아티스트.

는 능력이 가히 천재적이다. 도쿄 여자들이 동경하는 여자 5위에 늘 들 정도로 선망의 대상이다.

도쿄지헨의 〈군청일화〉라는 노래 가사 중 '이세탄 블루'라는 말이 나온다. 프러시안 블루, 터키 블루, 스카이 블루 등등은 들어봤어도 이세탄 블루라니… 도쿄 사람이 아니라면 공감 못할 표현이 아닌가. 어떤 푸른색일까 궁금하여 이세탄을 일부러 찾아가 보았다.

이세탄 블루는 어두운 군청색이다. 맑은 블루가 아니라 약간 어둡고 탁하며 발랄하지 않고 차분하며 침착한 색이었다. 한 마디로 약간은 우울한 블루였다.

그 이세탄 블루가 참 도쿄적이라는 느낌이 들었다. 맑은 날 보면 다소 우울하지만, 흐린 날 보면 오히려 마음이 차분해지는.

도쿄는 일견 행복해 보이는 도시는 아니다. 하지만 오래된 친구, 말수가 없지만 존재감이 물씬 느껴지는 독특한 아우라의 친구 같은 도시다. 미칠 것처럼 행복하거나 유쾌하진 않아도 함께 있으면 마음이 침착해져 오는.

도쿄의 컬러 하면, 그 이세탄 블루가 떠오른다. 여자들이 짐을 넣어 가지고 다니는 대표적인 백화점 쇼핑백으로서의. 혹은 비가 오기 전 흐린 날 오히려 마음을 차분하게 만들어 주는 푸른 빛으로서의.

도쿄의 하반신으로서의 신주쿠

2년 동안 도쿄에 머물면서 사진에 온전히 집중할 수 있었던 시간은 1년 동안이었다. 나머지 1년은 일본어를 공부하는 데 사용했다. 1년이 지나자 어느 정도 말을 할 수 있었고, 들을 수 있었으며, 따질 수 있었고, 수다를 떨 수 있었다. 그렇게 일본어학교를 마치고 사진학교에 입학한 후 열심히 사진을 찍어 댔다. 양적 변화가 질적 변화로 승화될 수 있다는 변증법적 논리에 기대고 싶었고, 적지 않은 나이에 엄한 짓을 하고 있지 않은가라는 걱정을 성실함으로 보상받고 싶었는지도 모른다. 작정한 것은 아니었지만 1년 동안 꾸준히 찍게 된 테마는 도쿄의 밤 풍경이었다. 그 중 가장 주된 촬영 무대가 되어 준 곳은 신주쿠였다.

그냥 우연히 밤 사진을 찍게 되었다. 하릴없이 이리저리 거리를 헤매며 사진을 찍다 마음에 드는 곳 어딘가를 발견하고 싶었다. 처음 카메라를 들고 나섰던 어느 밤이었다. 살고 있던 이케부쿠로를 지나 다카다노바바, 신오오쿠보를 거쳐 나도 모르게 신주쿠 가부키쵸 앞에 닿게 되었다. 어느 날,

어느 순간이었다. 언제나처럼 도쿄 사람들이 전부 모인 듯 북적거리는 그곳이 거대한 숨을 쉬고 있는 것처럼 느껴졌던 것은. 내쉬었다가 들이켜는 유기체로서의 덩어리. 그래서일까. 어둠 속이라 나를 향해 다가오는 존재가 확실히 보이지 않는 밤이 무섭지만은 않게 느껴졌다. 그곳에, 내가 찍을 수 있는, 찍지 않고는 지나치지 못할 것 같은 뭔가가 있을 것 같은 예감이 들었다. 그날부터 매일 밤 신주쿠를 향해 출근하기 시작했다. 신주쿠의 상징인 가부키쵸 거리의 번쩍이는 불빛이 먼 곳에서부터 보이기 시작하면 누군가 그곳에서 나를 기다리고 있는 것도 아닌데도 괜히 가슴이 두근거렸다. 그곳에서 마주치는 사람들의 모습과 흔들리는 풍경들, 골목골목에서 마주치는 거리의 오브제들이 신기했고 재미있어 마음이 무언가에 홀리는 듯했다. 물론 그 속내 깊은 곳까지 들여다보는 것은 허락되지 않았지만 사진을 통해 내가 받은 느낌을 최소한은 나답게 잡아 내고 싶은 욕심이 생겼다.

신주쿠 가부키쵸에는 유난히 흑인 삐끼들이 많았다. 그 흑인들은 일어도 능숙하지 않았고 그렇다고 영어도 유창하지 않았다. 그저 짧은 단어로 말을 걸었다. "Free?" "Yes?" "I'm free." "Enjoy!" 사진을 찍는답시고 그 거리를 자주 어슬렁거렸다. 매일 같은 시간, 같은 장소에 나와 있는 한 흑인 삐끼와 안면을 트고 말을 섞게 되었다. 그는 그저 카메라를 들고 하릴없이 거리를 서성이는 내가 이상해 보였을지 모른다. 늘 계절이 여름인 대륙에서 왔기 때문일까. 겨울에 만난 그들은 담요 같은 외투를 걸쳤는데도 유난히 추워 보였다. 가끔 맨발에 조리를 신은 흑인도 있었다.

흠뻑 취하고 싶은 사람들이 모이는 곳, 저마다 가지고 있는 욕망을 숨기지 않아도 되는 곳, 달리고 싶을 만큼 달려도 되는 곳, 그래서 취해 자빠질 수도 있는 곳, 소음과 대낮 같은 불빛 속에 잠시 숨어들고 싶은 사람들이 모이는 곳, 신주쿠. 실제로 과도한 업무에 지친 샐러리맨들이 양말과 구두만 남겨 놓고 모두 벗고 달리는 스트리킹으로도 유명했던 거리 신주쿠 가부키쵸는 내게 마치 '취중진담' 같은 존재로 다가왔다. 평소에는 털어 놓지 못하는 말을 술기운을 빌려 간신히 뱉어 내는 어쩔 수 없는 진심 같은. 그러나 술이 깨면 그 진실에 대해 아무도 확인하려 하거나 되묻지 않는. 신주쿠는 그랬다. 그런 얼굴을 하고 있었다. 일본에 있는 동안 한국어를 가르치는 아르바이트를 했었다. 나의 학생이었던 그래픽 디자이너 사치 상이 말해 주었다. 신주쿠는 모든 종류의 사람들을 받아들여 주는 거리라고. 어쩌면 신주쿠는 도쿄의 하반신과 같은 곳이라고.

신주쿠의 한 골목에 서 있노라면 세상의 온갖 사람들이 내 곁을 스쳐 지나가고 있다는 기묘한 느낌을 받는다. 도쿄 사람들은 즐기기 위해, 무언가를 풀어 놓기 위해 그곳에 모여든다. 하지만 그 사람들을 상대로 하루의 밥을 벌어먹는 사람들도 못지 않게 존재하며, 도쿄의 정수를 느끼고 싶은 관광객은 물론, 치안 상태가 좋아서인지 홈리스들과 그들의 골판지 집도 아파트처럼 즐비하다. 그래서일까. 신주쿠는 내게 더 애처로운 울림으로 다가왔다. 그곳에서 마주치는 인간 군상들의 2% 부족한 결핍감 그 무언가가 더 절절히, 느껴졌다. 비어 있는 자기의 무언가를 위로받고 싶은 사람들이 모이는 거리. 번들거리는 욕망들을 그것보다 더 번쩍이는 거리의 네온 불빛 뒤로 슬쩍 감춰 둘 수 있는 거리… 2% 부족한 무언가는 스트레스일 수도 있고, 외로움일 수도 있고, 삶에 대한 분노일 수도 있다. 아무렇지도 않게 어깨를 부딪히며 스쳐 지나가는 사람들은 야쿠자일 수도, 밥 한 끼 값을 벌기 위해 골판지를 수집하는 등이 굽은 노인일 수도, 신주쿠 한복판이 집인 홈리스일 수도, 수학여행 온 미국의 어느 소년일 수도, 성전환 수술을 받아 나보다 더 여성스런 트랜스젠더일 수도, 나처럼 뭔가를 보고 싶어 유령처럼 모여든 카메라맨일 수도, 아님 그냥 하룻밤 외로움을 달래기 위해 여자 혹은 남자를 찾아 그곳에 들른 누군가일 수도 있다.

신주쿠는 그냥 그 사람들 모두를 묵묵히 받아 주었다가 아침이 되면 다시 토해 놓는다. 사람들은 신주쿠 골목골목에서 밤을 달리고 일상의 허기를 달래다 다시 아침이 되면 일터로, 가정으로, 숨을 곳이 없는 빛의 세계로 떠난다. 세상을 바꿀 수 있을 것처럼 드라마틱했던 취중진담이 아침 빛을 받아 아무렇지도 않은 지난밤의 치기로 변해 버리는 것처럼. 그러나 나는 그 취중진담이 무용하다고는 생각지 않는다. 눈에 보이는 사실들보다 눈에 보이지 않는 사정事情과 비밀로 인생의 많은 부분이 이루어져 있듯 숨막히는 일상을 밤이라는 시간을 빌려, 술이라는 미디어를 빌려 구토하듯 토해 놓는 마음으로 버티는 것인지도 모르기 때문이다. 그런 번쩍이는 불빛으로 신주쿠는 도쿄 사람들을 위로해 주고 있다는 느낌을 받았다. 불안전하고 위태로움 그 자체로 완벽한 것들. 그래서 밤의 신주쿠가 좋았다. 그걸 사진으로 찍고 싶었고 그래서 밤 거리를 헤맸다. 도쿄를 떠나와 도쿄를 추억하는 지금 나에게 도쿄는 과연 무엇이었을까를 묻는다면, "신주쿠였어"라고 대답하고 싶다. 나에게 도쿄는 바로 신주쿠였다.

やがて哀しき外国語
村上春樹

The Watari Museum o
Contemporary Art

02

얼핏 찍다 다
스 치

어떤 시간들은 그 순간이 사용된 후 기억에서 지워지지만 어떤 시간들은 그저 스쳐 지나갔는데도 시간이 한참 지난 후 이유없이 불쑥 떠올라 '지금'을 치명적인 기억으로 지배하기도 한다. 도쿄의 730일, 그리고 열 번의 계절— 그 흐릿했지만 독한 향기의 시간들과, 스치다.

도쿄 사람들은 바쁘다. 도쿄 사람들은 침착하다. 도쿄의 일상은 그래서 뜨겁다기보다는 서늘하다. 그들의 하루는 잘 레이아웃된 심플한 잡지책처럼 후루룩 넘어가며 24시간을 흐른다. 그래서 그 속에 섞여 있는 나도 후루룩 후루룩 하루를 살았다. 하지만 나는 그들과 원래부터 살았던 사람이 아니었기에 그들보다 내 눈에 더 이물감으로 걸리는 풍경들이 많을 수밖에 없었다. 바쁜 그들의 발걸음 속에 함께 섞여 걸어가며, 횡단보도를 뛰어 건너가며, 지하철 계단을 총총 올라가며 스쳐 지나가는 옆모습을, 알 수 없는 향기를 풍기며 멀어져 간 뒷모습을, 머리 위 도쿄의 하늘들을, 스치는 시간들을 향해 케이타이를 겨누었다. 조금은 흔들리고 가끔은 흐릿한 도쿄의 시간들을 얼핏 찍다.

도쿄를 흐르는 시간

언더그라프 포스터

하루가 모여 한 달이 되고, 한 달이 모여 1년이 되고, 1년이 모여 10 년이 되고, 10년이 모여 인생이 된다는 누구나 다 아는 진리. 그렇기 때문에 오늘 그 단 하루가 행복해야 인생도 행복해진다.

AM 8시 15분, 하루가 시작되는 분주하지만 역시나 조용한 도쿄의 지하철 역. 출근 혹은 등교를 하는 어느 때와 마찬가지의 지하철 역 안에 '언더그라프Under-Graph'*라는 가수들의 신곡 발매 포스터가 붙었다. 멤버들 각자 다른 시선으로 다른 곳을 바라보고 있는 그 풍경이, 또한 각자 다른 시선으로 바쁘게 지나쳐 가는 사람들의 풍경을 바라보고 있는 것이 묘하게 시선을 끈다.

사람들도 마찬가지다. 각자 다른 곳을 향한 눈빛을 가지고 각자의 하루를 시작하지만 결국은 같은 곳을 향해 흘러가리라는 것을 잘 안다. 오늘 하루도 그렇게 시작된다.

□ 언더그라프(Under-Graph) 2004년 결성. 일상의 권태와 무게, 그리고 사랑의 유한함 및 그리움
  등을 담담한 가사와 다소 드라이한 멜로디 속에 담아 내어 젊은이들에게 사랑받고 있는 성숙한 분위
  기의 혼성 록밴드.

시간을 찍다

요세프 쿠델카Josef Koudelka*의 흉내일지 모른다. 위대한 작가에 대한 오마주라고 우겨 보자. 사진 속에 시계를 들이미는 짓. 하지만 그 시간이 찍힌다는 묘한 상징성이 있다. 시간은 사진 속에 갇힌다.

저 손목시계는 프라하 여행 때 벼룩시장에서 단돈 2,000원에 구입했다. 아침마다 밥 주는 시계. 꽤 옛날 물건이다. 밥 주는 당신 손이 움직이는 한은 당신은 죽을 때까지 이 시계와 함께할 수 있을 거라고, 시계 파는 아저씨가 말했었다.

아니, 사실은 썩 유쾌하지 않은 추억도 있었다. 처음에 카드로 계산을 하려고 하자(여행지에서는 웬만하면 카드 사용주의이기에), 꼬불꼬불 한문으로 카드 뒷면에 씌어 있는 내 사인이 못 미더웠는지 날 국경을 넘어온 집시 취급을 하는 게 아닌가. 현찰이 아니면 경찰을 부르겠다고! 암튼 시계를 보니 꼬리에 꼬리를 물고 이어지는 추억들.

시간이란 그런 것인가 보다. 그 시간이 다른 시간을 부르고 또 그 시간이 다른 시간 속으로 침입한다. 어쩔 수 없이 나는 기억이나 추억에 속수무책으로 당할 수밖에 없다. 학교 가는 길, 니시신주쿠 횡단보도 앞에서 신호가 바뀌길 기다리며 집시로 오해받으며 겨우겨우 샀던 시계로 그 시간을 찍다.

□ 요세프 쿠델카(Josef Koudelka) 1938년 체코슬로바키아에서 태어나 프라하의 봄을 찍은 사진가. 집시의 사진으로 세상에 널리 알려짐. 방랑과 고독, 유머와 낙천성으로 코드화되는 유랑민들의 모습과 시간 및 세계를, 작가 또한 세상을 유랑하며 사진 속에 담아 냄.

흡연 맘

길거리에서 담배를 피우는 여성들을 도쿄 시내에선 아무렇지도 않게 볼 수 있다. 우리나라에선 여자가 길거리에서 담배를 피워 물고 있다간 어르신들께 버럭 호통 듣기 십상이겠지만, 어쨌든 이곳 여성들은 걸으면서, 전화를 걸며, 카페에서, 누군가를 기다리며, 어디서나 마음대로 담배를 피운다.

근데 아가씨들만 담배를 피우는 게 아니다. 아이를 데리고 다니는 엄마들도 그렇다. 흡연의 영향이 아이들에게 분명 미칠 터인데 한 손으론 유모차를 밀면서 한 손엔 담배를 들고 걸어가는 엄마들이 많다.

아이에게 담배 연기가 괜찮을까? 저것도 습관이 되어 괜찮은 걸까? 엄마는 흡연을 하시고 아기는 유모차 안에서 새근새근 자고 있다.

이곳에서도 보행중 흡연은 사회적인 이슈로서 금하고 있다. 한 아저씨가 걸으며 피웠던 담뱃재가 옆에 있던 아이의 눈에 들어가 시력을 잃었던 사건이 있었기 때문.

보도 블록이나 횡단보도 앞, 사람들이 걸음을 멈출 만한 곳엔 쓰여져 있다. '걸으면서 담배 피우는 건 그만둬!'라고.

빛으로 그린 그림의 시간

self-portrait

학교가 있는 나카노사카우에서 니시신주쿠를 거쳐 신주쿠 역까지
는 걸어다녔다. 신주쿠에서 1년 9개월 동안 살았던 곳 이케부쿠로까
지는 야마노테선을 이용했다. 3개월짜리 학생 할인 정기권을 끊어서.

어슬렁거리며 걸으면 30분, 늦어서 빨리빨리 걸으면 15분 걸리는
그 길을 걷는 맛이 참 좋았다. 신주쿠의 복잡함, 열기와는 또 다른 한
번 지긋이 누른 듯한 느긋한 활기와 공기가 니시신주쿠에는 있었다.

도쿄에서 가장 늘씬한 빌딩들이 모여 있는 그 동네에는 빌딩들과 어
울리는 키 큰 가로수들이 많았다. 그 가로수 옆을 시원스레 달려가는
자전거들을 보며 그 길을 걷다 보면 이상하게 마음이 치유되는 느낌을
받았다.

그 길에서 그림자 사진을 많이 찍었다. 사진을 찍다 보면 나도 모르
게 셔터를 누르게 되는 피사체가 있다. 내게 그것들 중 하나는 바로 그

림자인데 나뿐 아니라 그림자를 통해 피사체의
본질을 반영하고픈 욕구는 사진 찍는 사람이라면
모두 가지고 있으리라 생각한다.

사진의 정의가 '빛으로 그린 그림'이라는 사실
을 놓고 볼 때, 빛이 그려 놓은 그림인 그림자를
찍는 것은, 어쩌면 사진 찍는 행위의 기본 명제일
지도 모른다.

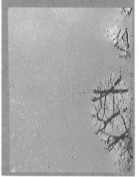

빛을 받으며 그림자를 드리우고 있는 나무를
보면 스스로 셀프 포트레이트를 찍고 있다는 생
각이 든다. 빛을 빌려 자신을 들여다보고 있다.
그건 일종의 성찰하는 모습이다.

사람들이 셀프를 찍는 행위는 단순히 스스로에
대한 과시욕에서 출발했을 수도 있지만 자아의
확인, 나아가 스스로에 대한 반성의 의미가 더 크

다고 본다. 그래서 모든 사진 찍는 행위의 시작은
셀프 포트레이트를 찍는 것으로부터 비롯될지 모
른다는 생각을 했다.

어둑해지기 시작하는 저녁 무렵, 그 길의 나무
들과 그림자를 보면서.

경계

흔들리는 불안함 속에서 사실은 경계를 즐긴다. 그 흔들리는 운동감 속에서 변화를 꿈꾼다. 늘 살던 곳이 아닌 다른 곳에서 생활한다는 것은, 뭔가 목적을 위해 생활 공간을 옮겨 삶을 영위한다는 것은, 어쩔 수 없는 경계선상의 아슬아슬한 느낌을 동반한다. 불안함과 부정확함. 그러나 어쩌면 살아 있다는 것은 그렇게 흔들릴지언정 끊임없이 움직이는 리듬이며 박동일지 모른다.

경계에 서 있는 불안함의 대가로 이쪽과 저쪽 세상을 모두 바라볼 수 있는 넓은 시야를 얻었노라고 도쿄에서 사는 동안 스스로에게 되뇌었다. 적어도 불안함이 그저 불안함의 감정으로 끝나 버리게 된다면 그동안 흔들림으로 소모된 에너지가 너무 아까울 것 같아서 말이다.

하지만 그렇게 기꺼이 흔들리고, 불안해하고, 다른 세상을 꿈꾸는 동안은 푸르른 삶이라고 느낀다. 노인은 집을 그리워하고 젊은이는 길을 그리워한다고 하지 않았던가. 아직은 길이 좋다.

인 사 이 트
도쿄

2도쯤 서늘한 마음의 온도

민족성이라는 것이 있다. 그건 그 나라 안에서는 결코 잘 보이지 않는 성질의 것이리라. 그러나 조금만 내 나라를 벗어나 나라는 사람을 증명하기 위해 주민등록증 대신 여권을 보여주며 다니다 보면 단박에 보이는 것이 바로 민족성이다. 예를 들면 일본과 가장 닮은 민족은 독일이라고 말할 수 있는 것이라던지, 그와 마찬가지로 한국은 이탈리아라던지. 민족성이라는 것, 혹은 기질이라는 것. 한국을 떠나오기 전에는 별로 머릿속에 떠올리지도 않았고 생각할 기회도 없었던 것들이다. 그러나 도쿄에 잠시 정착하여 사는 동안 나는 끊임없이 일본과 한국을 비교하게 되었고 비교당하게 되었다. 왜냐하면 나는 나리타 공항을 벗어나는 그 순간부터 이방인의 신분이 되었으니까.

도쿄에서 지내는 2년 동안 아르바이트 장소와 학교에서 일본인들과 시간을 가지면서 나라는 사람에 대한 평가로 종종 "얏빠리 아쯔이네"라는 말을 들었다. 번역하자면 '역시 뜨겁군.' 그들의 눈에는 나라는 사람의 성격이 다른 한국인처럼 뜨겁게 보인 것이었다. 좋게 말하면 정열적이고 나쁘게 말하면 성급하다고도 말할 수 있는, 진의를 종잡을 수 없는 말. 그러나 어쨌든 한 마디로 표현하자면 '뜨거운 한국인이네, 뜨거운 기질이네'라는 의미쯤 될 것 같다.

좀처럼 흥분하지 않고 호들갑은 더더욱 떨지 않으며 쉽게 화내지 않는 그들이다. 말이 성격을 나타내 준다고 하던가. 일본어를 어느 정도 공부하다 보면 그 지극한 간접화법의 치밀함에 놀라게 된다. 이들은 직접적으로 "이것 좀 해줄래?"라고 말하지 않는다. "이것 좀 해줌(명사형)을 내가 너에게 받을 수 있을까?" 정도의 뉘앙스로 표현한다. 그러니 말이 길어지는 건 당연지사.

물론 어느 정도 친하게 되면 이들도 반말을 쓰고 싫은 소리도 한다. 세계 어느 나라든 예의를 차리지 않아도 될 만큼 친해지면 말이 짧아지는 것은 공통 현상이리라. 근데 그 말이 짧아지기까지 정말 시간이 많이 걸리는 나라가 바로 일본이 아닐까 싶다. 또 일본말의 공손한 간접화법의 진의를 파악하는 가장 효과적인 방법은 문장의 마지막 부분에 귀를 쫑긋하고 기울이는 것이다. 돌고 돌아 상대방의 마음을 살피고 살펴 결국 하고 싶은 말이 등장하는 마지막까지 긴장을 늦추지 않고 들어야 실수하지 않을 수 있다는 것이다.

짧은 여름방학을 끝내고 오랜만에 학교에 갔던 날이었다. 매일 보던 클래스메이트들을 3주 동안 안 보다 만나니 무척 반가웠다. 최소한 "오랜만이에요. 건강했죠?"라는 말 정도는 하는 것이 기본일 터. 그래서 너무너무 반가운 얼굴로 "오랜만이에요!"라고 인사를 건넸는데 돌아오는 대답은 딸랑 "오하이요!"였다. 오, 그때의 그 민망함이란. 오하이요는 누구에게나 건넬 수 있는 평범한 아침 인사다. 우리 식으로 생각했을 때 3주 만에 만난 친구에게 건네는 인사는 아니란 말이다. 그러나 우리반 일본 친구들은 어제 만났다 오늘 다시 만난 사람에게 건네듯 그렇게 덤덤히 "오하이요"라고 했다.

약간 마음에 상처가 난 나를 눈치챘는지 클래스메이트 중 가장 많은 이야기를 나눴던 친구 테라사키가 다가와 말을 걸었다.

"좀 실망했지? 일본 사람들 차갑다고 생각하지? 나도 일본 사람이지만 그런 거 차갑다고 느낄 수 있다고 생각해. 근데 일본 사람들은 감정을 직접적으로 표현하는 걸 정말 꺼려해. 왜냐하면 그게 상대방에게 폐를 끼칠지 모른다는 마음에 정말 조심스러워하는 거거든."

그 말을 듣는 순간, 왠지 이해할 수 있을 것 같은 기분은 들었다. 솔직하다고 무조건 좋은 게 아니라는 것. 상대방의 마음을 헤아리지 않고 내뱉는 솔직한 감정의 토로는 때론 무례함이 될 수도 있다는 걸 나도 느낀 적이 있기에. 그런 마음의 기저에서 출발했다면 늘 담담히 상대방에게 한결같은 태도를 취하는 그들의 '예의'가 이해될 수도 있을 것 같았다.

하지만 동시에 그건 모든 설명을 들은 후에야 이해할 문제였지 쉽게 익숙해질 수 있는 문제는 아니라는 생각도 들었다. 테라사키에게 나는 다시 말했다. "네 마음을 말해 주지 않으면 나는 그 마음을 모를 거야. 왜냐하면 마음은 눈에 보이는 게 아니니까." 그러자 테라사키가 다시 말했다. "일본 사람들은 그 보이지 않는 마음을 헤아려 주는 걸 상대방에 대한 최고의 예의라고 생각해." 화법의 차이가 보였던 건 그 순간이었다. 아, 그렇구나. 헤아려 주는 것, 헤아리려 정성을 들이는 거, 상대방이 내 마음을 헤아려 줄 것이라 생각하는 것, 그런 것이었구나.

그렇게 한 번 눌러 생각하고 한 템포 천천히 반응하는 사이에 상대방과 나 사이의 거리는 자동적으로 객관화되고 뜨거움은 희석된다. 2년이라는 시간이 절친해지기에는 조금 부족한 시간일지도 모르겠지만 그래도 친해졌다고 생각하는 일본 친구들에게 느끼는 여일한 감정이 왠지 모르게 한국 사람들의 마음의 온도보다 2도쯤은 서늘하다는 것이었다. 차갑다고 말하지는 못할 것 같다. 그들의 마음이 정말 차가워서 그런 건 아니라는 걸 알게 되었고 2년의 시간이 나도 모르게 정으로 쌓였기 때문이다.

흔히 일본 사람들의 속은 알다가도 모르겠다고 말한다. 물론 그들이 속을 보여 주지 않기 때문이고 혼네(진심) 들키기를 죽기보다 싫어하는 이유 때문이지만, 그들이 그런 태도를 취하는 이유는 진정 상대방에 대한 배려와 관계에 대한 조심스런 성찰에서 기인한다는 것을 알게 되었다. 숨기고 싶기 때문에 혼네를 감추는 것이 아니라 날것 그대로의 자신의 감정이 상대방에게 당혹감을 주지는 않을까라고 걱정하며, A형이 압도적으로 많은 일본인들은 지극한 간접화법을 구사하는 것이다.

한국어 공부를 함께했던, 부산 사투리가 억양에 배어 있으리만큼 유창한 한국어의 미야자키 선생님은 일본인 치고는 보기 드물게 직접화법을 구사했고 가끔 독설도 쏟아놓아 나를 놀라게 하셨는데 내가 느꼈던 그 온도의 차이에 대해 이렇게 설명해 주셨다.

"한국 사람들은 냄비 같아요(이 냄비 근성은 나도 익히 알고 있는 바이기에 반박하지 않았다). 쉽게 뜨거워지고 쉽게 차가워지죠. 하지만 정열적인 부분은 좋다고 생각해요. 재미있기도 하고. 그런데 일본 사람들은 그렇게 보이지는 않거든. 늘 침착해 보이고 차가워 보이죠. 하지만 일본인들에게는 깊이 흐르는 정이 있어요. 시간이 많이 흐르지 않으면 그 정이 미처 보이지 않을 수도 있겠지만."

'깊이 흐르는 정'이라는 말이 인상적이었다. 일본 사람들 중 한국에 호의적이고 한국에 관심이 많은 사람들이 의외로 많다. 단지 욘사마를 필두로 한 한류 붐 때문이 아니라 자신들의 침착함에 비해 상대적으로 한 번에 끓어오르는 부분이 있는 그 어떤 한국적인 것에 대한 동경이 있기 때문이라고 느꼈다. 자기가 가지지 못한 부분에 대한 본능적인 감정으로서의 관심이랄까. 앞서 말한 미야자키 선생님도 한국 사람의 냄비 근성을 익히 잘 알고 있으면서도 누구나 가족의 마음이 될 수 있고 길에서 큰 소리로 싸울 수 있는 거침없는 성격의 한국인들이 재미있고 정이 간단다. 그래서 한국어를 공부하기 시작했다고.

뜨거운 것을 모르고 만졌을 때도 앗 뜨거! 하며 놀라듯, 보기보다 의외로 차가운 감촉의 무언가를 만졌을 때도 마음은 놀라게 된다. 하지만 뜨겁다고 모두 열정적이고 차갑다고 모두 냉정한 것은 아니리라. 그 뜨거움과 차가움의 진정성이 어디에서 기인된 것인가를 알게 되면 뜨거움이 단지 뜨거움만으로, 차가움이 단지 차가움만으로 느껴지지는 않을 것이다. 문제는

왜 당신이 그렇게 뜨거운지, 왜 당신이 그렇게 차가운지를 알게 되는 시점
이다. 그것이야말로 바로 이해의 출발이기 때문이다.

마음의 온도는 2도 정도 서늘하고 끓어오르는 비등점도 한참 낮은 일본
친구들. 그러나 그 마음속 깊이 흐르는 깊은 정에 있어서만은 우리네와 별
반 다를 바 없는 사람들이라는 걸 나는 2년에 걸쳐 아주 서서히 깨닫게 되
었다.

고여 있는 시간

다다미방 풀 냄새

도쿄에 놀러 왔던 후배가 그런 말을 했다. 이상하게 나한테서 풀 냄새 비슷하게 난다고. 웬 풀 냄새? 늘 쓰던 향수 냄새는 그게 아닌데…?

우리 집에서 며칠 묵더니 그 후배가 풀 냄새의 정체를 밝혀 주었다. 그건 바로 다다미 냄새란다. 사실 다다미방에서 만날 먹고 자고 하니 몸에 그 냄새가 배인다는 이야기는 일리가 있다. 물론 본인은 인식 못했을 일상의 냄새이리라. 향기까지는 아니고 그냥 냄새.

집 근처에 다다미 짜는 가게가 있었다. 평생 다다미 짜는 일을 하셨을 것 같은 장인 풍모의 할아버지 한 분께서 아침 일찍 가게 문을 열고 저녁 5시면 어김없이 문을 닫으셨다. 그 집 앞을 지나갈 때면 수북한 짚더미 사이에서 알싸한 풀 냄새가 났다. 막 새로 짠 다다미는 푸르고 진한 풀색을 띤다. 그러나 내가 살았던 집의 다다미는 갈색이었다. 오래됐으니까… 그래도 풀 냄새는 여전했나 보다.

몸이 안 좋아 학교에 결석했던 적이 있다. 아침에 눈을 떴는데 몸이 천근만근 바닥으로 꺼질 듯했다. 학교에 결석한다고 전화를 했다. 눈을 뜬 채 누워 있는 방 안은 세상이 끝난 듯 고요했다. 불투명한 간유리창 밖으론 아직도 낯선 골목이 보였다.

걸려 오는 전화도 없고 익숙한 그 어떤 소리도 들리지 않았던 적막했던 그 아침. 왠지 세상에 나 혼자 남겨진다면 그런 기분일 것 같았다. 그런 막막한 기분이 들어 돌아누운 내 곁에 슬며시 풍겼던 것은 다다미방 바닥의 쌉쓰름한 풀 냄새였다. 한참을 그 냄새를 맡으며 뒤척거리다가 기운 차려야지 중얼거리곤 끙 하고 일어나 인스턴트 스프를 끓여먹었다.

그 방에 고여 있었던 한없는 적요의 시간과 다다미방의 풀 냄새. 내 몸 어딘가에 분명히 새겨져 있을… 어느 한 시절에도 냄새가 있다면 그 시절, 그 냄새는 바로 쌉쓰름한 다다미방의 풀 냄새였을 것이다.

위에서 바라보다

수료전을 신주쿠에 있는 니콘 살롱에서 했다. 일

본은 카메라의 대국답게 각종 카메라 메이커의 갤러리가 많다. 니콘, 캐논, 라이카, 콘탁스, 코니카 등등 살롱이라는 이름으로 일년 내내 사진 전시회가 열린다. 그 장르도 다양하여 다큐멘터리에서 자연 풍경사진까지, 아마추어에서 프로까지, 대학 졸업전에서 동호회 전시회까지, 온갖 사진 전시회가 그 대형 메이커 갤러리에서 열리고 있다. 사실 그 덕분에 대중들이 사진을 어렵지 않게 접할 수 있는 좋은 기회가 되어 주고 있다고 본다.

나도 수료전을 그곳에서 했는데 전시가 열리는 1주일 동안 28층 높이의 갤러리에서 도쿄 시내를 원 없이 구경했다. 일본 속담에 '바보는 높은 곳을 좋아한다'라는 말이 있다. 그 정확한 이유는 모르겠지만, 암튼 나도 바보인지 높은 곳에 올라가서 아래를 내려다보는 것을 좋아한다.

'인생은 가까이서 보면 비극이고 멀리서 보면 희극이다'라는 찰리 채플린의 말이 있는데 그저 멀리서 보는 사람들의 도시는 진공의 공간에 갇힌 하나의 정물과 같다. 고요하고 움직임이 없는 그 공간이 비극일 리는 없을 것이다. 그 속에서 함께 정물이 되어 버리는 시간. 곧 내가 그 아래로 내려가 비극 속에 섞여야 할 시간들일 것이다.

비의 남자, 비의 여자

일본에 살며 정말 놀랐던 점들 중 한 가지는 바로 귀신같이 적중하는 일기예보였다. 도쿄 사람들, 아니 일본 사람들은 날씨에 참으로 민감하다. 그런 민감함이 100% 적중하는 일기예보를 탄생시켰을까? 비올 확률 20%부터 95%까지 촘촘히 예상을 하고 몇 시부터 비가 오겠다는 시간대까지 칼같이 예상을 한다. 그런데 그 예상이 백발백중이다. '기상청 사람들이 야유회를 가면 비가 내린다'는 한국식 우스개는 절대 이곳에선 통하지 않을 것이다.

"당신은 날씨에 민감한가?"라고 묻는다면, 나는 아무렇지도 않게 "아니오"라고 대답하겠지만 일본에 살다 보니 비가 올 확률에는 조금 민감해졌다. 100엔짜리가 수두룩해도 우산 살 돈이 아까운 가난한 유학생의 신분이 되었기 때문이다.

가장 손쉬운 화두라서 그렇기도 하겠지만 사람을 만나면 일본 사람들은 날씨에 대한 이야기부터 풀어 나간다. 날씨에 대한 수다 떨기를 참으로 즐기는 나라는 일본밖에 없지 않나 싶다. 일기예보를 비타민 챙기듯 꼭꼭 챙겨 보는 것은 그래서 당연하고 케이타이 서비스로 실시간 날씨를 검색한다.

화창한 아침이었는데도 지하철 플랫폼에 우산 든 사람들 모습이 보이면 '아차, 오늘 비 오겠구나, 낭패다'라고 무릎을 쳐도 괜찮은 것이다. 일본 사람들 손에 우산이 들려 있으면 틀림없이 그날은 비가 올 테니까.

접는 우산을 가방 속에 쏙 넣어 가지고 다니는 한국 사람들에 비해,

TRAVEL PI

일본 사람들은 긴 우산을 선호한다. 접는 우산은 거의 본 적이 없다. 또 그들은 '아메오토코(雨男)', '아메온나(雨女)'라는 말을 쓴다. 그 뜻은 비의 남자, 비의 여자. 즉 그, 그녀 들이 나타나면 어김없이 비가 온다는 의미로 어딘가 야외에 나간 날 비가 내리면, "네가 아메오토코라서 또 비가 오잖아", "역시 아메온나랑 같이 오는 게 아닌데…"라고 한다.

사실인지 아닌지 물론 확인할 순 없다. 그러나 조심해서 나쁠 것은 없는 징크스인 것 같고, 정작 이들은 그렇게 불리는 걸 썩 싫어하는 것 같지도 않다. 비의 남자, 비의 여자 — 왠지 운치 있게 들리지 않나?

오히려 일본 사람들은 비 오는 날을 좋아하는 것 같다. 알록달록한 꽃무늬 장화를 신고 아이처럼 빗길을 철벅철벅 걷는 어른들 — 우산까지 받쳐들고 잘도 자전거를 타고 다닌다. '아마오또(雨音, 빗소리)'를 즐기면서 말이다.

流

흐른다. 흐른다 — 의 일어 표현은 流. 발음은 나가레루.

시간이 흐른다. 하루가 흐른다. 한 달이 흐르고 1년이 흐른다. 빛이 흐른다. 어둠이 흐른다. 빗소리가 흐르고 한밤중의 고양이 울음소리가 흐른다. 그리움이 흐른다. 체념이 흐른다.

그러다 다시 한 번 다짐이 흐르고 그 끝에 다시 시간이 흐른다. 분노도 흘렀고 미움도 흘러갔다. 막연히 흘러가는 흐름을, 무의미하게 흘려보내기 싫어 잠깐 멈칫했던 망설임도 결국은 흘러갔고, 우연히 길에서 만난 반짝였던 만남도 사실은 기억 속으로 흘러갔다.

인생이 흐른다. 모든 것은 흘러간다는 빼도박도 못할 진리. 흐르지 않는 것은 흘러가는 것의 뒷모습을 볼 수밖에 없다는 또 하나의 진리가 고여 있는 것들을 그저 잠잠하게 한다. 그 잠잠함을 외로움이라 이름붙일 수 있을까.

그러나 흘러가는 것들이 고여 있지 않다고 해서 외롭지 않다고는 말할 수 없다. 흐르고 흘러 닿은 곳은 사실 언제나 낯선 곳이기 때문이다.

비 오는 긴자 거리를 쏘다니다 떠올랐던 생각. 저 글자 하나. 流. 도쿄는 조용히, 그러나 단호하게 흘러가는 도시라는 느낌이 든다. 그리 절절히 연연하는 것도 없지만, 그렇다고 아주 쿨한 외침으로 잡아 두려는 집착도 없다. 하지만 그 흐름과 섞임의 조화가 묘한 울림을 준다. 어느 장소인들, 당신이 발 딛고 살고 있는 곳이라면 그런 울림이 없으랴만.

초승달 모양으로 눈썹을 다듬는 남자들

　일본어학교 시절. 외국인들의 눈에 비친 일본의 정말 이해할 수 없는 것
들에 대한 설문조사가 있었다. 1위는 낫또, 2위는 남자들의 마유게(눈썹)
였다. 낫또는 우리네 청국장 비슷한 콩 발효 음식인데, 건강에 정말 좋은
헬시 푸드란다. 그러나 처음엔 입 가까이 대지도 않았다. 끊어도 끊어도 끊
어지지 않는, 발효 과정에서 만들어진 끈끈한 실(이걸 뭐라 부른담)의 압박,
그리고 그 특유의 냄새 때문이었다. 몇 젓가락 먹고 나면 입 주변이며 손이
며가 온통 그 끈끈한 실 천지가 되어 버린다. 그러나 어느덧 그 맛과 먹는
법에 익숙해지게 되었다. 시간의 힘, 그리고 익숙해짐의 무서움이란. 특히
김치랑 섞어 먹으면 맛이 괜찮아서 일본을 떠나올 때쯤엔 김치와 함께, 김
과 함께 섞어서 잘도 먹었다. 그 질긴 인연 같은 콩에 붙은 실을 3회전 젓
가락질로 잽싸게 휘감아 정리하는 스킬까지 익숙하게 마스터하면서 말이
다. 그러나 외국인들의 눈에 낫또는 정말 그 냄새하며 비주얼이 다소 그로
테스크한 음식이라 할 수 있기에 1위를 차지한 것은 자연스럽게 납득이 가

는 부분이었다. 낫또와 함께 별 모양의 오크라 등 끈끈한 음식이 요즘 도쿄엔 건강식으로 유행이라고.

그러면 2위는 왜 일본 남자들의 마유게였을까? 그건 그들이 여자 뺨치는 섬세함과 감각으로 우아하게 눈썹을 다듬기 때문이다. 전세계 어느 나라 남자들이 일본 남자들처럼 능숙하게 눈썹 정리를 할 수 있을까. 물론 요즘은 남자도 화장을 하고 에스테 회원이 되는 자기 가꾸기의 시대이지만 일본 남자들의 마유게 정리는 상상을 초월한다. 가늘고 활처럼 휜 고전적 스타일의 아치 모양 눈썹을 마치 붓으로 한 번에 그린 듯 다듬어 놓는다. 여드름이 숭숭 얼굴을 뒤덮은 덩치 좋은 스모 선수 같은 고등학생 남자아이의 눈썹이 그렇게 슬림한 곡선임을 상상해 보라. 일본의 알 수 없는 것 2위로 선정되기에 아쉬움이 없다.

물론 스맙의 키무라 타쿠야(木村拓也)* 같은 여자 못지 않은 미모를 자랑하는 남자들의 얼굴에 그 유려한 곡선의 눈썹은 썩 잘 어울릴지 모른다. 그러나 우리네 아줌마들이나 할 법직한 눈썹 문신 같은 획일적 모양새의 눈썹 정리를, 거리를 활보하는 모든 남정네들이 하고 있다 생각해 보시라. 흠… 뭐라 말해야 할까. 그야말로 대략 난감이다.

일본 남자들은 전체적으로 슬림하다. 좋게 말하면 슬림하고 막 말해 버리면 자그마하다. (일본 남자들이여, 미안하지만 사실이다.) 사실, 일본인들 전체가 슬림하다고 말하는 게 맞을지도 모른다. 몸집도 작고 마른 체형들

□ 키무라 타쿠야(木村拓也) 일본의 대표적 아이돌 그룹 스맙SMAP의 멤버. 매년 일본에서 가장 아름다운 남자 1위로 뽑히며 부동의 인기를 구사하고 있는 일본의 초특급 연예인.

이다. 다리가 그리 긴 편도 아니고, 글래머러스한 체형이 환영받는 사회도 아니다. 경박단소輕薄短小. 이 개념이 일본 사회 전체를 지배하고 있기 때문일까. 어쨌든 그 개념이 신체 구조에도 영향을 미쳤는지는 잘 모르겠으나, 8등신의 늘씬한 미녀가 환대받는 한국과 달리 이들은 그 늘씬한 신체 구조의 우월성보다는 각자의 개성을 잘 살린 나름대로 미남, 미녀 들을 인정해 준다. 일본 생활 5년차의 한 동생 왈, 요염하면서도 귀여운 것이 일본에서 예쁜 여자의 최고 미덕이란다. 요염하면서 귀엽기란 사실 무척 어려운 일인데 말이다. 암튼 어떤 일본 여자들은 요염하면서도 잘도 귀엽더라. 귀여운 것, 가와이한 것이야말로 이들이 칭찬할 수 있는 최고의 예우인가 싶을 정도로 귀여운 것에 환호한다. 귀엽고 아기자기한 캐릭터들이 실존하는 영화배우나 연예인과 같은 존재감으로 이들 곁에 있는 것을 생각해 보면 귀여움 지상주의의 양상을 알 것도 같다. 특히 일본 청춘 패션의 가장 대표적 트렌드는, 지금은 잘 알려져 있듯이 레이어드 룩이다. 마른 몸매와 흰 다리를 커버하려는 속셈인지 뭐든 겹쳐 입고 둘러 입고 언밸런스하게 입어 대는 그네들. 양말 하나도 한 켤레만 신는 법이 없이 두 켤레를 색깔과 길이 차이를 두어 함께 신는다. 그런 자기만의 개성과 자기다움을 어떻게 해서든 패션으로 표현하고자 하는 그네들. 그 개인주의를 보고 그들은 귀엽다고 표현하는지도 모른다.

남자 친구를 카레씨(彼氏, 그를 지칭하는 일본어), 여자 친구를 카노죠(彼女, 그녀를 지칭하는 일본어)라 부르는 일본 커플들은 상대방의 매력 포인트가 무엇이냐는 질문에 "우리 카레씨는 웃는 얼굴이 귀여워서요"라는 대답을 곧잘한다. 웃는 얼굴이라면 누군들 귀엽지 않으랴. 그러나 이들은 에가오, 즉 웃는 얼굴을 상대방을 판단하는 큰 매력 포인트의 하나로 간주한다. 썩 예쁘지 않은 그녀도 웃는 얼굴은 다 예쁜 법인데, 웃는 얼굴이 귀여워서 사귄다니 상대방의 좋은 점을 기꺼이 보고자 하는 긍정적인 태도가 아닌가. 〈웃는 여자는 다 이뻐〉라는 노래도 있는 마당에 말이다.

아무튼 다시 남자들의 눈썹 이야기로 돌아가서, 남자다움, 혹은 남자다워야 함, 약간의 마초이즘이 미덕으로 간주되는 대한민국 사회의 남정네들과 비교해 볼 때 일본 남자들은 그 남자다움이 전반적으로 결여되어 있다고 볼 수 있다. 부드럽고 귀엽고 상냥한 남자들이 환영받는다는 이야기. 그 성향을 나는 남자들의 눈썹 정리를 통해서 읽은 것 같다. 물론 이들에게도 남자다운 남자를 일컫는 오토코마에(男前)라는 말이 있다. 그러나 그건 일부 소수의 연예인들이나 정말 멋진 남자들의 경우이고 기본적으로 이들은 작고 왜소하며 슬림하다. 그래서인지 상대적으로 일본은 남자보다 여자들의 기가 센 것처럼 보인다. 일본 여자들은 순종적이며 지극히 여성스럽다는 설이 옛날부터 있었지만, 적어도 내가 보기엔 그렇다. 혹시 그들의 눈썹 정리가 그들의 남성성을 조금 희석시켜 놓은 것은 아닐까. 아르바이트를 함께하던 22살 여대생 오오다케는 내게 일본 남자를 웬만하면 사귀지 말라고 충고했다. "왜?"라고 약간은 과장된 리액션으로 되묻자 가차없이 그녀는 이렇게 대답했다. "왜긴, 흐물흐물하니까." 내 번역이 맞는 것이었는지는 모르겠지만 어쨌든 그 흐물흐물하다는 표현이, 잘 다듬어진 눈썹과 오버랩되어 마구 웃었던 기억이 있다.

블루 빛 저녁 시간

점등의 순간

발견하고 말았다. 적어도 일본, 도쿄, 이케부쿠로… 세상의 불이 꺼지고, 사람들의 불이 켜지는 시간은 저녁 7시. 어스름과 함께 도시 전체에 반짝 불이 들어온 점등의 시간, 저녁 7시. 그 순간 맘 속에도 뭔가가 반짝!

블루의 시간대

핸드폰으로 사진을 찍으면 왠지 저녁 무렵이 사진발을 받는다. 푸르스름한 하늘빛이며, 막 켜지기 시작한 가로등이며, 집으로 향하는 사람들의 실루엣만 남은 검은 뒷모습이며…

어스름 푸르스름 저녁 무렵.

왜 그 시간을 지칭하는 단어들은 명확하지 않고 애매모호하여 더 아련한 느낌을 주는 걸까.

혼자 사는 싱글족이 많은 도쿄 사람들은 집으로 돌아가는 길, 속속 콤비니(편의점)에 들러 저녁거리를 산다. 그들 손에 하나같이 들려 있는 비닐봉지. 느릿느릿 집으로 돌아가는 걸음의 속도가 비슷한 그 뒷모습들을 보고 있노라면 왠지 가슴이 싸아해진다.

긴 하루를 간신히 마친 후 몰려오는 피곤함, 집에 돌아가 이젠 쉬고 싶다는 소박한 절박함. 블루 빛 저녁이 사진발을 받는 이유는 그 시간 속에 잠겨 있는 사람들의 외로움의 입자 때문이라는 생각이 들었다.

저녁 하늘과 가로등의 궁합

일본은 맥주가 맛있는 나라라고 말했던가. 사실이다. 이렇게 말하면 조금 호들갑일지 모르겠지만 거품마저 맛있다. 진정.

그 맥주를 더욱 맛있게 만들어 주는 소박하지만 힘센 안주가 있었으니 그건 바로 에다마메(줄기콩). 초록빛 에다마메를 소금을 살짝 뿌려 삶아 낸다. 그리고 알맞게 삶아져 짭짤한 콩을 곁들여 나마비루(생맥주)를 한 잔 마시면! 말이 필요없는 환상의 저녁 시간이 된다.

도쿄 생활 2년 동안 에다마메를 정말 많이도 먹었다. 아마 콩밭 한 고랑어치의 에다마메는 먹어치웠을지 모른다. 집에서도 직접 삶아서 먹었음은 물론.

생맥주와 에다마메처럼 뭔가 궁합이 잘 맞는 커플을 많이 찾아낼수록 삶이, 아니 생활이 즐거워진다고 본다. 예를 들면 낫또와 김치라던가(의외로 같이 먹으면 맛있다. 한일 합작 반찬이라고나 할까), 돌김과 와사비 간장이라던가(그냥 김이 아니라 돌김을 와사비 간장에 찍어 먹으면 감칠맛이 난다), 라면에 호박을 채썰어 끓인다던가(국물맛이 개운해진다), 어째 예가 죄다 먹는 것들이네.

도쿄의 저녁 시간이 유난히 기억에 남았던 이유를 곰곰 생각해 보니 그건 그들의 생활 풍경이 유난히 푸른빛 저녁 시간과 궁합이 잘 맞았기 때문일지 모른다는 결론에 도달했다.

예를 들면 이끼 낀 돌의 질감이 오랜 세월을 말해 주는 담벼락이라던가(웬만하면 수리 안하고 옛날 그대로 사는 도쿄 사람들), 그 담 밑에 옹기종기 심어져 있는 작은 꽃들이라던가(마당이 없기 때문에 집 앞 도로를 마당처럼 꾸민다), 지들이 사람인 줄 아는 느긋한 고양이들이라던가(일본에 태어난 고양이들은 행운묘다. 어찌나 모두에게 사랑받고 사는지), 자전거를 타고 집으로 돌아가는 뒷모습들이라던가(꼭 뒷모습이어야 한다. 저녁

엔 어쨌든 어디론가 돌아가야
하니까), 카트를 밀고 천천
히 걸어가시는 할머니라던
가(천천히, 아주 천천히 급할
건 하나도 없다는 듯 걸어가시
는 할머니. 지금까지 살아온
당신의 시간을 밀고 가시는 것
같다), 그리고 가로등.

푸른 저녁 하늘에 반짝
켜진 가로등은 마치 인간
의 도시를 밝혀 주는 별과
같다. 자연의 별이 아직 떠

오르기 전 하늘에서 미리 반짝이는. 그런데 그 빛은 조금은 창백하고
우울한 느낌이라 왠지 더 인간적이다. 별이라는 저기 저 먼 하늘 위의
이상을 바라보기 직전의 시간에 조금은 더 땅에 가까운 낮은 시선으로
발견한 빛이기 때문일지 모른다. 도쿄엔 그 예쁜 가로등이 특히 많았
다. 푸른 저녁과 아주 잘 어울리는 빛들이었다.

붉은 등, 푸른 저녁

저녁. 어둑한 하늘을 배경으로 자전거를 타고 총총 집으로 돌아가는
사람들. 왜일까. 어둑어둑해질 무렵 집집마다 밥 끓이는 냄새가 풍겨
나오면 괜히 마음이 뭉클해지며 무언가에 안도하곤 했다. 힘든 하루를

마치고 저마다의 집으로 돌아와 저녁거리를 짓는 풍경이 마음을 위로해 주는 이유.

　일본 정착기에 살았던 히가시무라야마 역 근처에 먹음직스러운 야키도리집이 있었는데 저녁에 집에 돌아가며 그 앞을 지나칠 때마다 고소한 꼬치 냄새랑 붉게 켜진 등불에 강력한 '한 잔 꺾어!' 어택을 받고 말았다. 정종 한 잔에 꼬치 한 개면! 그날 하루의 퍼펙트한 마무리다.

　해가 질 때면 밥 끓이는 냄새 말고도 이상하게 야키도리 굽는 냄새가 어디선가 풍겨 오는 것 같다.

홀로 취해 가는 사람들

　혼자 밥 먹는 사람들 틈에 끼어 나 또한 혼자 밥 먹는 게 익숙해질 무렵, 아니 저건 좀 하면서 고개를 갸웃하게 만들었던 일본 사람들의 또 다른 모습이 있었으니 그건 바로 혼자 술을 마시며 혼자 취해 가는 사람들의 모습이었다.

　혼자 밥을 먹는다. 혼자 커피를 마신다. 혼자 고깃집에서 고기를 구워 먹으며 혼자 술을 마신다. 그리고 취해 간다. 드라마 같은데 나오는 분위기 있는 카운터 식 바나 퍼브가 아니라 일반 고깃집이다. 왁자지껄하게 둘러앉아 고기 굽고 술 마시는 곳. 보는 사람이, 아니 보는 내가 참으로 뻘쭘하다. 그러나 꿋꿋이 의연히 자작하며 취해 가고 가끔은 옆 테이블에 앉아 있는 사람들에게 말도 걸어가며 나중엔 비틀거리며 혼자 가게문을 열고 나간다.

　외로워 보인다고 말하기엔 뭔가 부족함이 있다. 청승맞다고 말해 버리기엔 왠지 미안하다. 일본에서 만난 한국 친구들은 말한다. 혼자서 밥도 먹고 차는 마셔도 그 짓은 못하겠다. 혼자 고깃집에서 고기 굽고 술 마시는 거.

혼자서 조용히 취해 가는 시간. 그 속엔 과연 어떤 절대 자아가 들어 있을까. 아니, 사실은 아무것도 없는 걸까. 보는 나나 이렇게 호들갑이지 사실 그들은 그냥 이렇게 말할지 모른다. "그냥 혼자 마시고 싶었어요, 그뿐인데…"

맥주를 마시라고 국민 전체가 합창하는 나라

  술을 마실 때 어떤 술이 가장 살갑냐고 묻는다면 나는 단연 소주다. 그런
데 일본에 와서 그 중심을 흔들 만한 강적을 만났으니 그건 바로 맥주! 일
본을 잡지의 나라, 자동판매기의 나라 기타 등등이라 표현했던가. 그 목록
에 꼭 하나를 더 넣어야 한다면 바로 일본은 맥주의 나라라는 것. 세상 어
느 나라 사람들이 일본인들처럼 맥주를 사랑할 수 있을까. 물론 미국이나
유럽 등등에서도 지금 이 순간에도 병을 챙강거리며 맥주를 많이 마시고
있을 줄 안다. 그러나 술로서가 아니라 다른 의미 부여로서 마시는 맥주에
대해 운운한다면 나는 단연 일본인들이 세상에서 가장 맥주를 사랑하는 사
람들이라고 말하고 싶다.

  일본인들은 맥주를 사랑, 아니 사모한다. 술로서가 아니라 다른 의미 부
여로서 마시는. 그들은 맥주를 취하기 위해 마시는 술이 아니라, 일종의 아
이스 브레이커Ice Breaker로서 여긴다. 그 아이스는 단지 어색한 분위기를
지칭하는 것만은 아니다. 딱딱하고 긴장되는 회의 직전, 고위층 간부님께

서 던져 주신 가벼운 농담이 얼음을 깨는 것처럼 분위기를 화기애애하게 만들어 주듯이 이들은 무엇이든 맥주를 가볍게 한 잔 걸친 후 시작한다. 긴장되는 상대와의 만남, 모르는 사람과의 첫 만남, 길고 긴 하루의 마무리, 동료들과의 모임은 물론 연인과의 데이트, 여자 친구의 부모님과의 서먹한 첫 저녁 식사, 기타 등등. 이들이 맥주를 매개로 그 문을 여는 시간은 많고도 많다. 모임의 시작을 맥주로 열고, 하루의 끝을 맥주로 닫으며, 피로한 잔업의 스트레스를 맥주로 풀고, 목욕탕 속을 걷는 듯한 여름철의 열기를 맥주로 식히며, 차가운 겨울 바람에 꽁꽁 언 몸도 싸아한 맥주와 함께 뜨끈한 겨울 음식을 먹으며 덥히고, 온천 후 노곤해진 심신에 차가운 맥주 거품으로 생기를 더한다.

그렇기 때문일까, 종류는 또 얼마나 많은가. 기본적으로 존재하는 온갖 브랜드 외에도 맥주 고유의 브랜드로 각개전투하고 있음은 물론 세상에 100인 100색의 사람이 존재하듯, 일본에는 100개의 맥주가 100개의 개성으로 존재한다.

나는 맥주가 몸에 받지 않는다고 생각했고 약한 술보다는 독한 알코올 도수의 술을 선호하는지라 한국에 있을 땐 맥주를 거의 마시지 않았다. 그러나 일본에 살고 있는 이상 도저히 맥주를 마시지 않을 수 없었다. 그 이유는 단순했다. 맛있어서, 그리고 다들 마시고 있어서, 그리고 마시는 게 생활이라서다. 그 중 가장 큰 이유는 아마 맛있어서였을 것이다. 그냥 저렴한 이자카야에서 내오는 평범한 생맥주도 일본의 맥주는 왜 그렇게 맛있는지… 일본 속담에 '정말 맛있는 물은 그 물을 마실 때 자신에게 위가 있었음을 깨닫게 해준다'는 말이 있는데 그런 식으로 따지자면 시원하게 들이켜는 맥주 한 모금에 나는 나에게 목구멍이 있었음을 깨달았을 정도다.

사실 맥주도 술인지라 무한정 마시면 취할 것은 당연하다. 그러나 이들이 홀짝홀짝 마시는 한두 잔의 맥주는 단언하건대 술이 아니다. 뭔가 새로운 세상으로 들어가려는 통로이자 한 박자 쉬는 쉼표이자 어떤 시간의 마침표이다. 일본의 드라마나 CF를 보면 밤늦게 퇴근한 피곤한 회사원 남편을 위해 차갑게 식힌 맥주를 내놓는 부인의 모습이 일상적으로 나온다. 차가운 맥주 한 잔을 쭉 들이켜며 하루의 피로를 위로하는 것이다. 하루를 마무리하는 것이다.

어떤 술자리에서도 어떤 주종의 술을 마시더라도 시작은 무조건 맥주다. "나마 히또쯔!(생맥주 하나)"를 외친 후 그 다음부터 위스키를 마시든 니혼슈(일본술)를 마시든 한다. 암튼 시작은 맥주다. 그렇게 따지면 맥주는 워밍업일까? 아님 안전장치일까? 그들은 그렇게 맥주를 마시고 또 마신다.

지구온난화 현상으로 지구촌 어딘들 똑같겠지만 도쿄의 여름 또한 그 습기와 열기가 가히 살인적이다. 처음 도쿄에서 맞았던 여름, 생전 처음 맞는 끈끈한 더위에 몸무게가 무려 3kg이나 줄었었다. 열기만이라면 그래도 참을 수 있겠는데 습기까지 더해진 그 더위란 가히 상상을 초월한다. 한낮의 거리를 걷고 있노라면 마치 목욕탕 안을 걷고 있는 것처럼 기분이 몽롱해진다. 그런 여름에 파블로프의 개의 조건반사처럼 자동적으로 생각나는 것이 바로 목구멍이 쩽하도록 차갑게 넘어 가는 맥주 한 잔.

여름이 시작되면 방송에서는 일제히 새롭게 시판되는 맥주 광고를 시작한다. 그 맥주의 셀링 포인트도 다양하여 거품이 섬세한 맥주, 목 넘김이 시원한 맥주, 카라이(맵고 쨍한 맛의) 맥주, 부드러운 맥주, 0칼로리의 맥주, 빨간 맥주, 검은 맥주, 고급 맥주, 저렴한 서민형 맥주 기타 등등이다. 그 시원하게 마셔제치는 맥주 광고를 보다 보면, 특히 다다미방 바닥이 맨살에 끈끈히 달라붙기 시작하는 여름밤이면 나도 모르게 주문에 걸린 듯 동전 몇 개를 들고, 슬리퍼를 꿰어신고 콤비니(컨비니언스 스토어의 일본식 준말), 혹은 집 근처 자판기를 찾아 바깥으로 나가게 된다. 바로 맥주 한 캔을 사러 말이다.

일본에서 함께 공부했던 친구들과 전화 통화를 하다 보면 빠짐없이 나오는 이야기가 바로 맥주 이야기다. 그때 이노카시라 공원 벤치에 앉아 마셨던 캔맥주 정말 맛있었지. 그치? 그렇게 맥주 한 잔에 인생이 행복해질 수 있다면 그렇게 마셔 대라고 권해도 또 그 유혹에 넘어가도 상관없는 게 아닐까?

밤과 달의 시간

달에게

어제 도쿄 전역엔 도시를 집어삼킬 듯 강한 비바람을 동반한 태풍이 불어닥쳤다. 그래서 추석 무드에 흠뻑 젖어 있을 한국을 상상조차 못했다. 감사하게도 한국에서 소주와 라면과 식혜가 도착했다. 추석 분위기가 물씬했다. 오늘은 태풍이 말끔하게 하늘을 청소해 놓은 덕분인지 더 맑은 밤 하늘에 보름달이 그야말로 휘영청이다.

한국어를 가르치는 학생들이랑 신오오쿠보의 한국 삼겹살집에서 회식을 했다. 고기를 먹어도, 사시미를 먹어도, 반찬 개념이 없는 조금은 야박한 일본 식생활 문화. 리필 무한정의 푸짐한 반찬 밥상을 보자 어김없이 이들은 환호했다. 반찬 30가지가 나오는 전라도 한정식을 꼭 한 번 먹어 보라는 말을 덧붙였다.

배 두드리며 신오오쿠보 큰길을 걸어 내려오는데 문득 바라본 밤 하늘에 걸려 있는 달이 참 크고 맑다.

보름달을 보면서, 한국에선 소원을 빈다
고 했더니 학생들(두 명이지만)이 제각기 양
손을 모아쥐고 뭔가 소원을 하나씩 종알거
린다. 나도 뭔가를 살짝 맘 속으로 바랐다.

아스피린

달을 보고 있으면 커다란 눈동자 하나가 나
를 바라보고 있다는 생각이 든다. 어렸을 때부
터 그랬다. 어딜 가든 나를 따라오는 달이, 아니 그
눈이 나를 지긋이 바라보고 있는 것만 같은 기분.

둥글고 흰 달은 또 아스피린 한 알 같다. 한참을
바라보고 있노라면 그 환한 빛에 두통이 사라질
것 같으니.

빛나는 것들

서점 카페에서 아르바이트를 하던 중 가끔
손님이 빠지는 틈을 타 야외 데크에 나가 숨
을 고르곤 했다. 4층 데크에서는 '선샤인 시
티'라는 이케부쿠로의 명물이 바로 보인다.
그리고 그 옆에 막 떠오르기 시작하는 달도.

보석처럼 빛나는 빌딩과 수수하게 빛나는
달. 전혀 다른 빛이지만 어쨌든 빛난다는 기본

명제는 공평히 같다. 마찬가지로 도시를 비춰 준다는 것도 같다.

밤, 호랑이와 물고기들

이케부쿠로의 밤 풍경. 흔히들 도시는 삭막하다고 말하지만 그렇지 않다. 황량한 마음의 사람들이 어쩔 줄 모르는 물처럼 담겨 있는 곳이기에 사실 도시는 고독하다에 더 가깝다.

삭막한 건 사람의 마음이다. 사람이 삭막하다. 사람만큼 삭막할 수 있는 존재는 없다. 그래서 가끔은 차가운 시멘트와 창백한 가로등의 도시 풍경이 오히려 편안하게 느껴질 때가 있다.

오늘 다나베 세이코(田辺聖子)*의 단편집 《조제, 그리고 호랑이와 물고기들》을 400엔짜리 문고판으로 샀다. 내가 읽은 책들 중 최고의

연애 소설이다. 에쿠니 카오리(江國香織),* 야마다 에이미(山田詠美),* 에또 기타 등등 다른 일본 여자 소설가 여러분들의 소설도 재밌지만 사실은 모두 약하다, 약해. 다나베 세이코가 최고다.

그녀의 소설 속엔 몽롱한 사랑의 환상이 없다. 막연한 그리움도 없다. 담백한 사랑과 상처의 진실과 인생을 아는 것 같은 사람의 비밀만이 알차게 담겨 있을 뿐. 비밀을 공유한 사람, 비밀을 알고 있는 사람만이 느끼는 간질간질한 느낌. 진한, 어쩌면 독할지도 모르는 향기가 뱃속 깊이 스며드는 느낌이다.

그녀의 소설 속에 등장하는 듯한 물고기를 닮은 인간들을 황량한 도시 풍경 속에서 마주친다.

도쿄의 네온

화려하게, 혹은 집요하게 빛나는 네온은 도쿄의 상징이다. 히라가나, 가타카나, 한자로 쓰여져 빛나는 네온 불빛은 문자가 아니라 하나의 그림, 기호 같다. 뭔가 신호를 보내는 것 같다.

번쩍거림으로 사람을 부른다. 그 부름을 들은 사람들이 속속 빌딩 속으로 빨려 들어갔다가 밤을 달리고 다시 꾸역꾸역 되돌아 나온다. 도쿄의 밤은 네온 불빛과 함께 빛나고 있다.

PARCO

도쿄에도 백화점은 많았지만 백화점에서 뭔가를 살 일은 없었다. 주로 옷은 공원에서 열리는 벼룩시장이나 늘 부담없는 가격의 무지루시

료힌(無印良品)을 애용했다.

그래도 가끔은 백화점을 어슬렁거리고 싶어졌다. 그냥, 보는 것만으로 기분이 좋아지는 착한 물건들을 흘끔흘끔 보기 위해서. 그럴 때 들르는 백화점은 파르코PARCO였다. 파르코는 여자 백화점이다. 아니 엄밀히 말하면 결혼하지 않은 여자를 위한 백화점이다. 동선이며 브랜드에서 여자를 위한 배려가 느껴지고 여자들이 좋아할 만한 물건들이 진짜 많다. 옷뿐인가. 액세서리, 문구, 인테리어 소품, 작은 가구 등등 보는 것만으로도 확실히 기분 전환이 되는 예쁜 물건들이 많았다.

이케부쿠로 파르코 뒤쪽엔 P-Parco가 있었는데 Petit Parco라고, 파르코 백화점의 여동생쯤 되는 느낌의 젊은 감각 브랜드들이 포진해 있었다.

연말 연시면 도쿄의 백화점들도 빅 세일을 한다. 8~90% 세일이라 여자들은 그즈음 백화점을 찾느라 바빠진다. '1년을 기다렸어, 이번 기회를 놓치면 절대 안 돼!'라는 비장한 각오가 여자들의 표정에서 읽혀진다.

백화점 개점 전 백화점 앞에 길게 줄을 서서 오픈하길 기다린다. 나도 그때 딱 한 번 파르코에서 쇼핑을 했다. 80% 세일의 착한 가격으로 겨울 부츠를 하나 샀다.

취향의 다양함을 모두 존중해 주기 위해 이 세상에 태어난 듯한 독특한 물건이 넘치는 도시, 도쿄. 도쿄는 쇼핑 마니아들을 위한 축복과도 같은 곳. 특히 여자들이 살기에 좋은 도시 같다. 도시 전체가 하나의 큰 백화점과도 같으니 말이다.

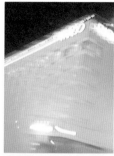

□ 다나베 세이코(田辺聖子) 1928년생. 일본의 국민 작가로 일컬어지는 여류 소설가. 영화 《조제, 그리고 호랑이와 물고기들》의 원작 소설 작가. 사랑을 누리고 있는, 혹은 지배한, 끊임없이 그리워하는 여성들의 미묘한 심리 변화에 능한 성숙한 문학 세계로 일본의 프랑수아즈 사강이라 불림. 1963년 《감상여행》으로 일본의 대표적인 문학상인 아쿠타가와상 수상.

□ 에쿠니 가오리(江國香織) 1964년생. 소설가. 츠지 히토나리와 《냉정과 열정 사이 : Rosso》 공동 집필. 사랑 앞에 담대한, 인생 앞에 담백한 여자들의 삶의 모습을 소설 속에서 그려 냄. 《도쿄 타워》 《마미야 형제》 《반짝반짝 빛나는》 등의 작품집이 있다.

□ 야마다 에이미(山田詠美) 1959년생. 소설가. 삶에 대한 독특한 유머와 사랑에 대한 유연한 리듬 감각을 지닌 여자들의 모습을 많이 그려 냄. 1987년 나오키상 수상. 우리나라에도 《나는 공부를 못해》 《공주님》 등 다수의 책이 번역되어 출간되어 있다.

떠나가는 시간

사요나라, 이케부쿠로 3-10-9

2년 동안 함께 살았던 내 룸메이트가 먼저 한국으로 귀국하게 되었다. 참 이런저런 취향이나 쿵짝이 잘 맞았던 그녀였음에도 불구하고 함께 산다는 건 녹록한 일이 아닌지 아님 깨끗하지 못한—즉 더러운—내 성격 탓인지 살다 보니 티격태격하게 되더라. 지금 와서 생각해 보건대 내 성격 탓이 컸으리라.

그래도 둘이는, 커피 마시는 시간을 끔찍이 좋아한다는 점이 잘 맞아 커피를 함께하는 시간들이 많았다. 밤 시간에 움직이는 걸 좋아하는 야행성이라는 점도 잘 맞아 위험한 줄도 모르고 밤마실을 잘도 다녔다.

새벽 3시, 홈리스들만의 거리가 되어 버린 이케부쿠로 역 앞을 뜬금없이 산책하거나 한밤중, 집 근처 도서관 마당의 벗나무 아래에서 캔 커피를 마시며 수다를 떨기도 했다. 그녀가 떠나고 나서야 도쿄에서의 진정한 히토리구라시(1인 생활)의 나날이 시작되었다.

2년간의 동거를 통해 그녀라는 '사람'을 조금은 이해하게 된 느낌이었다. 우리가 함께했던 2년이라는 시간은 서울이나 여타 기존의 '고향'에서 보냈을 2년의 시간과는 전혀 다른 시간이었다. 홀로서기의 시간이었고 무엇보다 스스로에게 집중할 수 있는 시간이었기에 더 예민했고 더 날이 서 있던 시간이었는지 모른다. 어떤 시기를 함께 공유하느냐도 그 사람과의 관계를 좌우하는 중요한 척도가 될 수 있다는 것이 일본에서 더 깊이 와닿았다.

그녀는 내가 무척 사랑하는, 일러스트레이션 일을 열렬하게 하는 막내동생이다.

나리타 공항

어떤 도시도 마찬가지이겠지만 여행을 떠났을 때 그 나라의 공항까지 날아가는 시간보다 그 공항에서 도심까지 들어오는 시간이 더 고되다. 보통 어느 나라든 공항은 도심에서 멀리 떨어진 외곽 지역에 있고 그 공항에서 도심까지 짐을 끌고 비틀거리며 들어오는 길이 더 멀고 힘들기 때문이다.

나리타 공항의 분위기는 인천 공항과 참 비슷하다. 설계자가 같은 사람이니 당연한 이야기일까? 인천 공항만큼이나 나리타 공항도 이젠 나에게 친근한 장소가 되어 버렸다.

모든 공항에선 이별과 만남의 의식이 치러지고 있기에 느낌이 남다르다. 떠나고 만나고 배웅하고 다시 혼자 남겨지는 곳. 누군가를 배웅

하고 집으로 돌아오는 나리타 공항에서 신주쿠까지 1시간 40분의 그
길이 정말 사람의 기氣를 소진하게 한다는 생각이 들었다. '떠남'과
'남겨짐'의 역학 관계가 사실은 마음속의 기를 뺏어 가는 거겠지.

그럼에도 불구하고 떠날 사람은 떠나야 하고 남겨진 사람은 떠난 사
람의 뒷모습을 바라보며 긴 시간을 견뎌 다시 일상으로 되돌아와야 할
것이다.

그 사라진 기와 에너지는 다시 무엇으로 채워지는 것일까. 공항에
다녀올 때마다 그 '관계'에 대해 멍하니 생각하게 된다. 떠나고 떠나보
내는 곳에서 관계에 대해 생각하게 된다니, 공항이라는 공간이 주는
묘한 아이러니다.

운동화 정신

일본으로 떠나는 내게 후배가 운동화를 선물로 주었다. 그 운동화를 2년 동안 열심히 신었다. 그 운동화를 신고 도쿄 곳곳을 열심히 걸어 다녔다. 때론 그 운동화를 신고 빛처럼 빠르게 방향을 틀었다. 그 속도에 과거는 그저 뒤편으로 선선히 사라져 버릴 것 같았다. 굽이 딱딱한 구두보다 땅과 부드럽게 마주치는 운동화라면 어디든 자신 있게 걸어 갈 수 있을 것 같았다.

2년을 하루도 빠짐없이 신었더니 도쿄를 떠나올 때쯤 그 운동화는 밑바닥이 본체와 분리되면서 장렬히 운명을 달리하였다. 차마 마음이 떨어지지 않았지만 그냥 그 운동화를 도쿄에 두고 왔다. 함께 걸었던 그 시간들도 함께…

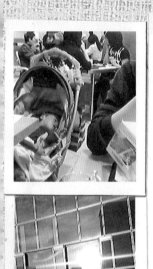

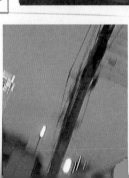

그냥 찍다 마주치다

길에서 마주친 붉은 꽃, 골목에서 마주친 고양이, 서점에서 마주친 아라키 — 무심히 마주친 靜物들이 케이타이에 담기며 情物이 되었다. 그냥 찍었으나 사실은 또렷한 클로즈업의 순간이었고, 그래서 어떤 순간들은 마음속에 봉인되었다. 그 클로즈업의 순간들과 문득 마주치다.

모든 삶이 구체적 대의명분으로 이루어질 수는 없다. 나의 삶도 그러하다. 큰 흐름과 큰 원망願望은 정해져 있겠지만 그 흐름을 향해 커브를 트는 일상들이 일일이 의미를 가질 수는 없는 노릇이다. 하지만 그 무의미한 일상이 모여서야 비로소 생의 흐름이 면면해질 수 있다는 것을 알았기에, 그리고 뒤돌아봤을 때 그 무의미하고 아무렇지도 않은 순간들이 사실은 하나의 커다란 눈빛으로 나를 늘 응시하고 있었다는 걸 어느 순간 깨달았기에, 그 무의미가 진정 아무렇지도 않게 바람 속에 섞일 수 있는 무無는 아니라는 사실을 가슴속에 담게 되었다. 그 응시는 정면에서 바라보는 클로즈업의 세상이었다. 그런 무의미의 순간들을 계속 클로즈업으로 바라보다 보면 결국은 무엇이 보일까. 궁금했다. 케이타이는 그 무의미의 순간과 마주치고 또 기록하기에 적절한 도구란 생각이 들었다. 비가 내리고 있기에 우산 밖의 풍경을 찍고 사쿠라 꽃잎이 날리기에 사쿠라 나무를 찍었다. 아무런 이유는 없었다. 찍고 싶어서 찍었다. 그냥, 그저 찍다.

길

키치죠지의 손톱달

노래 〈달팽이〉 속의 가사처럼 집으로 돌아오는 너무 긴 길. 약간 지친 것도 같아 하릴없이 머리 위에 뜬 손톱달을 보다.

두 발은 아무리 먼 곳을 향해 걸어가고 있어도 마음은 늘 한곳에 고여 있다. 먼 곳에서 발견한 손톱달은 그때 그곳에서 내 마음이 바라보았던 바로 그 손톱달이었다.

울고 난 후

이케부쿠로에 정착하기 전 3개월간 살았던 도쿄의 외곽 지대, 아니 사실은 농촌 지대 히가시무라야마. 역에서 집까지는 무려 도보로 40분이 걸리는 거리였으며 어두워지면 갑자기 인적이 드물어지는 적막한 길이었다.

오후 수업이 있는 날이면 집으로 돌아오는 길, 그 길을 걷는 사이에

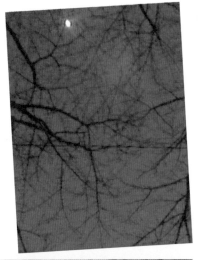

벌써 밤은 찾아오곤 했다. 멀리서 달려오는 자동차의 헤드라이트가 눈부셔 그 잔상에 잠깐씩 눈이 멀어 걷다가 가끔 멈춰 서야 했다.

그 남아 있는 빛을 케이타이로 찍었다. 꼭 울고 난 후, 눈물이 아직 고인 눈으로 바라보는 길과 같다는 생각을 했다. 울고 난 후 바라보는 세상은, 눈물 때문에 조금은 더 촉촉해져 보이니까.

고양이 골목

"고양이가 좋아, 개가 좋아?" 묻는다면, "고양이." 주저없이. 근데 그 고양이를 키우고 싶은 건 아냐. 그냥 그 존재가 좋은 거지. 게다가 난 고양이 알레르기까지 있다. "그 고양이가 왜 좋은 건데?" 다시 묻는다면, "가만히 멈춰 있을 줄 알기 때문에"라고 대답할란다.

자고 있을 때 빼고는 늘 움직이고 있는 부산한 개랑 달리 고양이, 그들은 가만히 멈춰 있을 줄 안다. 그게 사색이건, 멍 하니 있는 거건, 아님 눈치를 보는 것이건 간에 가만히 멈춰 서서 바라볼 줄 안다.

우리 동네엔 유난히 고양이들이 많았는데 자기 집 안방인 양 다들 길게 누워 있거나 앉아 있거나 했다. 최고 15마리까지 세어본 적이 있다. 다들 그냥 길에서 산다. 그들에겐 그곳이 집인 것이다.

식물

초록의 도쿄

5월, 꽃이 지고 잎이 무성해지기 시작하는 계절이 시작되었다. 도쿄는 초록의 도시다. 어딜 가든, 상큼한 초록색이 마음의 선도를 −1도쯤 신선하게 해준다.

그게 억지로 지어진 자연이건 아니건, 도심 어디에서든 조금만 걸어가면 잘 정돈된 정원과 아주 오래된 나무들을 만날 수 있다. 사쿠라의 화려함이 비를 만나 눈깜짝할 사이에 스러져 버리더니 이렇게 신선한 초록의 5월이 화사한 사쿠라 뒤에 서서 기다리고 있었다. 이이네(좋다!)~ 소리가 입에서 절로 새어 나온다.

일본의 인기 그룹 스피츠Spitz.* 늘 경쾌하면서도 결이 고운 멜로디와 이쁜, 정말 이쁘고 몽상적인 노랫말의 노래를 부르는 사람들이다. 스피츠의 노래를 들으면 도쿄의 초록이 떠오른다. 마치 꽃이 지기를 여유 있게 기다렸다가 "자, 이제 시작해도 되겠습니까?"라고 공손히

□ 스피츠(Spitz) 1987년 결성된 일본의 모던록 그룹. 결성한 지 20년이 지났는데도 여전히 일본 젊은
이들의 전폭적인 사랑을 받고 있다. 그 이유는 서정적인 멜로디와 시적인 가사들로 그들의 감성을 부
드럽게 위로해 주고 있기 때문. 20년이 지났는데도 스타일과 멤버들의 음악 세계가 한결같다.

물어본 다음 내뿜기 시작하는 초록인 듯.

자전거를 타고 달려가기에 좋은 BGM이 스피츠의 음악이라면, 자전거를 타고 어디든 달려가기에 좋은 배경 화면은 지금, 도쿄의 초록빛이다. 참고로 스피츠의 노래는 포카리 스웨트 등 이온 음료 광고의 BGM으로도 인기다. 얼마나 상큼한 노래들일지 상상이 되실는지?

도쿄의 초록이 발걸음을 가볍게 해준다. 어디든 걸어서 갈 수 있을 것 같은 가벼움이다.

인연의 나무

엔노키(綠の木). '인연의 나무'라고 사람들이 부르는 왕벚나무 한 그루가 학교 마당에 있었다.

그 나무가 처음엔 인연의 나무인지 뭔지도 모르고 그냥 큰 키와 넓은 그늘이 좋아 그 밑 벤치에서 매일 빈둥거리거나 커피를 마시거나 컵라면을 후루룩거리거나 친구들과 수다를 떨거나 했다. 그러다 그 나무가 인연의 나무로 불린다는 사실을 알게 되었다. 그 다음부터 그 나무 아래 벤치에서 만나는 혹은 함께 이야기하는 누군가와의 시간이 예사롭지 않게 느껴지기 시작했다. 인연을 부여하기 시작한 것이다.

의미 부여 과잉일까. 그러나 의미 없는 것들을 모두 빼고 나면 세상은 얼마나 재미없어질 것인가, 라고 늘 스스로에게 반문하며 얇은 귀를 정당화시키려 한다.

내가 그렇게 보건 말건 그 인연의 나무는 무심히 꽃을 피우고 지우고 초록이 되어 가고 잎을 떨구고 하는데 말이다.

밤사쿠라

밤에 피는 벚꽃을 이들은 요사쿠라(밤벚꽃)라고 부른다. 낮에 보는 사쿠라는 화사하고 환하지만, 밤에 보는 사쿠라는 그저 환한 정도를 넘어서서 어둠을 환하게 밝혀 주는 등불 같다. 눈처럼 사르르 지는 꽃잎도 밤에 보는 것이 더 운치 있다.

일본 사람들이 벚꽃이 피기를 1년 동안 목이 빠지게 기다리는 심정 ─밤, 사쿠라 아래 앉아 맥주 한 캔을 마시고 있노라면 살짝 이해될 것도 같았다.

붉은 꽃, 그 마음

오늘은 등교 시간이 약간 늦었다. 부랴부랴 준비를 하고 학교를 향해 골목길을 나서는데 언제나처럼 똑같은 골목길 모퉁이를 돌자 익숙한 풍경 속 처음 보는 붉은빛 하나가 눈에 들어왔다. 새롭게 집 앞을 장식해 놓은 제라늄 화분. 붉다. 불순물이 하나도 섞이지 않은 순도 100%의 붉은 꽃이었다.

사람의 마음 같다는 생각을 했다. 사랑을 하는 마음, 혹은 무언가를 바라는 간절한 마음. 불순물이 하나도 섞이지 않은 순도 100%의 오롯한 마음 그 마음 오래가기를, 붉은 꽃을 보며 바라다.

셀프

핸드폰으로 셀프 찍기
alone— 의 존재감.
together— 의 지루함.
그것, 셀프를 찍는 이유다.
나는 찍는다.
고로 남는다.

자동판매기의 평등함

10년 남짓 내게 밥을 벌어먹여 주었던 고마운 직업을 때려치고 뜬금없이 사진을 공부합네 하며 일본에 왔다. 10년이면 강산도 변한다던데, 그 10년의 직업을 배신했기 때문이었는지 아님 어리지 않은 이 나이에 한글의 가나다 같은 히라가나와 가타카나를 더듬더듬 배우고 있는 나 자신이 한심했기 때문이었는지, 나도 남들처럼 도쿄로 국제 이사(?)를 온 후 많이 쓸쓸했다. 외로웠다는 말보다 쓸쓸했다는 말이 더 어울리겠다. 외롭기엔 너무 바쁘고 정신이 없었고, 그 바쁜 와중에도 틈틈이 그리고 열렬히 쓸쓸했다.

그러나 뭐 거창한 존재의 쓸쓸함, 이런 것은 아니었다. 문득문득 24시간 속에서 마주치는 그저 내 그림자 같은 감정들이었다. 그 쓸쓸함을 쉬운 말로 표현하자면 이렇다. 집에 돌아오는 해질녘 저녁 어둑어둑한 골목에서 풍겨 나오는 쌀 익는 냄새나 아침에 집을 나설 때 코끝을 스치는 싸아한 공기 등등에 쓸쓸한 마음이 들었다. 무엇보다 화들짝 놀라게 만들었던 서울의 비둘기 같은 도쿄의 까마귀들 때문에 한참을 낯설어했고 또 쓸쓸해 했다. 비둘기들은 울지 않지만 까마귀들은 까아악~까아악~하며 우렁차게 아침마다 울어 댄다. 시계 알람이 따로 필요없다. 한동안 나는 까마귀 소리에 아침 7시 반쯤 정확히 눈을 떴다.

오른쪽 통행이 아닌 왼쪽 통행, 마찬가지로 오른쪽 운전석의 변화에 많이 낯설었다. 조금만 옷깃이 스쳐도 "스미마셍~"이라 어김없이 공손히 사과하는 사람들의 정형화된 예의바름에 이상하게 쓸쓸했고, 잠들기 전 바닥에서 풍겨 오는 다다미방의 풋풋한 풀 냄새에 아련하고도 쓸쓸한 감정이 밀려왔다. 아마 그 쓸쓸함의 정체는 낯선 환경에 익숙해져 가는 과정의 서걱서걱한 촉감이었으리라. 그런 나의 쓸쓸함을 가장 따뜻하게 혹은 서늘하게 위로해 주었던 건 바로 자동판매기의 캔커피였다.

자칭 타칭 캔커피 마니아인 나. 커피를 가장 살가워하는 음료로 둔 때문이기도 하지만, 일본에 오니 커피맛이 우선 다름을 목으로 느낄 수 있었다. 일본 캔커피가 한국 캔커피보다 더 진하고 쓰다. 상대적으로 한국 캔커피가 더 달달한 편. 다방 커피도 좋아하는 촌스런 입맛이지만 커피의 각종 오묘한 맛의 조합, 그리고 이왕이면 쓰고 신맛이 강한 어른스런 맛의 커피를 좋아하는지라 블랙 커피까지 캔커피로 나와 있는 일본 캔커피가 너무 맛있었다. 시중에 판매되는 캔커피는 모두 사 마셔 보았을 정도. 그리고 새롭게 발매되는 캔커피는 일부러 편의점을 뒤져 찾아서 사 마셔 보았다.

한 번은 점심값을 아끼려 오니기리(주먹밥)를 도시락으로 학교에 싸갖고 간 적이 있었는데 같은 반 친구가 나에게 왜 갑자기 벤또(도시락)냐고 물었다. "응, 돈 아낄라구." 그러자 친구 왈, "너 캔커피 하루에 몇 번만 안 뽑아 마시면 충분히 학교 식당에서 밥 사먹을 수 있어." 약간 마음이 상한 나는 이렇게 대답했다. "이봐, 캔커피는 나에게 그냥 음료가 아니라고. 캔커피는 내 친구야(헉~). 밥은 굶어도 커피는 거를 수 없어." 물론 이렇게 강한 어조는 아니었을 것이다. 일본어가 아직 일천하여. "흐음~ 이상한 사람이야"라고 말하며 친구는 퇴장했었다. 암튼 그만큼 캔커피는 나에게 소중한 존재라는 이야기.

도쿄의 밤 풍경을 사진 테마로 잡아 작업을 했다. 새벽 한 시 막차를 타고 집에 돌아오곤 했는데 그 밤 시간의 약간은 무섭고 휑한 시간들 동안 사진 촬영의 좋은 동반자가 되어 주었던 것도 역시 자동판매기에서 뽑아든 캔커피였다.

어디 캔커피뿐이랴. 일본은 자판기의 천국이라 해도 과언이 아닐 만큼 어딜 가든 100엔짜리, 혹은 120엔짜리 자동판매기가 버티고 서 있다. 어두운 밤 거리, 인적 드문 그곳에 환하게 명멸하며 서 있는 한 대의 자동판매기는 사막에서 만나는 한 줄기 오아시스처럼 이상하게 마음에 위로가 되었다. 그 빛이 있어 좀 덜 무섭기도 하고…

일본 사회의 물가도 많은 변화가 있었다고는 하나 자판기의 음료수 가격만큼은 10년 전과 변함이 없다고 한다. 커피는 물론 각종 녹차, 우롱차, 홍차, 주스, 자양강장제, 맥주, 컵소주까지 자판기에서 뽑을 수 없는 마실거리는 없다. 도쿄 시내 어느 곳에서도 눈길을 조금만 돌리면 자동판매기를 발견할 수 있으리만큼 도쿄는 자동판매기의 천국이다. 자동판매기의 캔커피 등은 나 같은 이방인의 마음도 뜬금없이 위로해 주었지만 바쁘고 외로운 도쿄 사람들에게도 사실은 가장 만만한 존재가 아닐까 싶었다. 그들이 시장 대신 콤비니를 매일 이용하듯 자판기의 음료수는 도쿄 사람들의 생활의 일부처럼 보였다. 신주쿠 부근에서 자주 마주칠 수 있었던 도쿄의 홈리스들도 자판기 커피나 맥주, 컵소주는 부담없이 뽑아 마시는 것을 자주 볼 수 있었다. 홈리스에 대한 차별적 발언은 아니다. 집이 없고, 수입이 없는 그들이 부담없이 자판기에서 캔 음료를 뽑아 마시는 풍경은 다소 의외였고 그래서 느낌이 신선했다. 우리나라의 홈리스들이 초록색 소줏병을 기울이듯 이들은 자동판매기에서 뽑은 캔맥주를 마시고 있었다.

어디서든 빛나고 있는 자판기는 육체의 허기를 달래줄 먹거리까지는 안되더라도 정신적인 쉼이 필요할 때, 걷다가 혹은 어디론가 향하다 릴렉스가 필요할 때, 아니면 어떤 이유에서든 마음의 갈증이 발걸음을 잠시 멈추게 할 때, 누구에게나 공평히 빛나는 한 템포 천천히의 깜박거림으로 존재했다. 그건 누구에게나 똑같다. 도쿄의 자동판매기는 동전을 한 손에 짤랑거리며 다가오는 그 누군가를 차별하지 않았다. 누구에게나 100엔짜리 동전과 10엔짜리 동전 몇 개로 따뜻한 온기의 혹은 시원한 서늘함의 음료수를 내어 주는 자동판매기가 도쿄 곳곳에 서 있어서 나는 자주 안도했다. 내 쓸쓸함의 8할을 아낌없이 위로해 준 그 자동판매기의 캔커피가 생각보다 더 불쑥불쑥 그립다.

일상

그들이 새로운 시간을 여는 방법

외국에서도 어김없이 새해는 밝았다. 1월 1일이 다가오면서 이상하게 가슴이 두근거렸다. 다른 곳에 발붙이고 살아도 시간은 어김없이 흐르는구나. 새로운 시간은 어디서든 맞이할 수 있는 거구나. 정말 새롭게 지급받는 새 시간 같았다. 그래서 그 시간이 더 소중하게 느껴졌고, 새로 지급받은 그 1년이 앞으로도 소중히 흘러갈 것 같은 기분 좋은 예감이 들었다.

우리는 '새해 복 많이 받으세요'라고 인사를 하는데 일본 사람들은 신년 인사를 어떻게 할까? 신년 인사도 인사지만 연말이 되자 집집마다 대문에 새로운 시간의 행복과 건강을 바라는 그들 고유의 풍습으로서 소나무 가지와 부적을 장식해 놓은 것을 볼 수 있었다. 사철 푸른 소나무지만 새로운 시간 속에서 마주치는 소나무 가지는 더 푸릇하고 생생하게 보였다.

그리고 새해가 밝자 일제히 건물에는 멋진 휘호로 '근하신년'이라는 새해 인사가 붙었다. 이들의 새해 인사는 '아케마시테 오메데토 고자이마스.' 새해가 밝았음을 축하드립니다. 새로운 시간이 밝은 것은 진정으로 축하할 일이었다.

시로키야 소주

도쿄의 물가가 서울보다 비싸다고 말은 하지만 사실 어떻게 보면 도쿄는 서민들이 살기에는 서울보다 어렵지 않은 도시일지도 모른다. 교통비나 식비 등의 물가는 10년 전이나 지금이나 별로 변화가 없기 때문. 쇼핑을 자제하고 꼭 필요한 생활용품만 사면서 가난하게 사는 삶이라면 어디에 살든 마찬가지겠지만, 특히나 도쿄에서 살기가 그렇게 어렵지 않을 것 같았다.

서울에서야 마음만 먹으면 술 한 잔 기울이며 친구들과 수다 떠는 일이 어렵지 않았지만, 마음의 여유는 물론 주머니의 여유도 함께 부족한 유학 생활중 술 한 잔 기울일 약속을 잡는 일이 그리 쉽지만은 않았다. 돈의 압박. 그렇다. 어쩌면 가장 어깨를 짓누르는 일상의 압박이다.

그런 유학생들이 자주 이용하는 저렴한 이자

카야가 있었다. 바로 와타미와 시로키야. 하긴 일본 젊은이들도 애용하긴 하더라. 안주 한 접시에 2~3백엔 정도니 가격도 부담없고 가격대비 맛도 괜찮았다.

나는 시로키야에 더 자주 갔다. 주로 맥주를 마셨지만 가끔 투명하고 독한 소주를 마시고 싶을 땐 시로키야 소주를 마셨다. 저 소주를 마시고 많이도 취했고 뻘짓을 많이도 했다. 술을 마시면 왜 마음은 무모해지고 과격해지는가. 왜 그렇게 쉽게 울컥했다가 쉽게 연약해지는가. 하지만 모두 내 모습이다. 어딘가에 숨어 있었을 또 다른 에고다.

그래서 나는 왠지 술을 못 마시는 사람, 술 마신 후 무모해지기도 하고 연약해지기도 하는 마음의 롤러코스터 현상을 겪어 본 적이 없는 사람하고는 진정 마음으로부터 친해지기는 힘들 것 같다는 말도 안 되는 편견을 가지고 있다.

생각하면 생각할수록 추억이 새록새록 솟아나는 술, 시로키야 소주.

여름 시작

일본은 바야흐로 무시아쯔이(찌는 듯한 무더위)의 계절로 돌입중. 무시아쯔이는 소낙비가 자주 내림에도 불구하고 유독 습도가 높아 후텁지근한 일본의 무더위를 부르는 말이다. 쯔유라 하기도 한다. 우리 다다미방도 후끈 달아오르고 있다. 다다미방, 겨울엔 싸늘하고 여름엔 역시 덥다.

아까 청과물 가게에 야채 사러 들렀는데 매실이 종류별로 쫙 깔렸더라. 절인 매실, 청매실, 홍매실, 그냥 매실. 일본 사람들은 매실 신봉자들인 것 같다. 머리가 아플 때 관자놀이에 매실절임을 문질러 대고, 몸이 으슬으슬 몸살기가 돌 때는 우메보시(말린 매실) 하나를 넣어 죽을 끓여 먹는단다. 하긴 매실은 좋은 과일이다. 살균 효과가 있어 여름철 배앓이에도 매실즙은 바로 효과가 있다.

청매나 한 웅큼 사서 소주에 담가 매실주나 만들까나.

냉정과 열정 사이

도쿄에 있는 동안 향수병은 별로 없었다. 하루하루가 너무 바쁘고 정신없이 지나갔고 그날 그날 해야 할 일들이 빼곡하여, 그 일들을 쳐 내다 보면 1주일이 가고 한 달이 가고 한 계절이 저절로 갔다.

그러나 향수병과는 조금 다른 문득문득 절절히 떠오르는 갈증이 있었으니, 그건 바로 모국어에 대한 목마름이었다. 특별히 책을 사랑한 다거나, 말에 대한 애착이 강해서가 아니다.

공기처럼 투명히 그러나 유연히 주변을 흘렀던 모국어를 자유자재로 읽고 쓰고 말하는 달콤함이 어느 순간 미치게 그리워졌다.

책을 읽는 것도 그랬다. 도쿄는 책의 도시, 잡지의 도시라 읽을거리는 풍성했다. 그러나 그 읽는다는 행위의 더듬더듬함, 어쩔 수 없는 머뭇거림 등이 낯설었다. 독서가 아닌 번역. 아무리 간단한 잡지 기사를 읽어도 그냥 주르르 읽어 내려가는 사소하고 가벼운 자유를 느끼는 건 어려웠다. 외국어 아닌가. 하루키의 말대로라면 이윽고 슬픈 외국어다.

그래서 가장 만만한 책을 골라 여러 번 읽어보자, 하여 고른 것이 소설 《냉정과 열정 사이》다. 번역된 책으로 여러 번 읽었기에 그 내용은 익히 알고 있었으며 가끔은 표현까지 기억날 만큼 술술 읽히는 어렵지 않은 이야기였기에…

결론은 일본어로 읽는《냉정과 열정 사이》가 훨씬 재밌었다. 약간은 더듬더듬, 머뭇거리며 느리게 읽어 내려갔으나 느낌이 달랐다. 어눌하나 에둘러 가지 않고 정면으로 다가오는 느낌, 정곡을 찌르는 느낌이었다.

그래서 더 생생했다. 츠지 히토나리辻仁成*의 문체와 에쿠니 가오리의 문체는 확실히 달랐다. 내친김에 CD에 구운 영화까지 봤다. 소설과는 많이 달랐지만 눈앞에 펼쳐지는 두오모 성당은 아름다웠다.

영화 마지막 장면에 준세이가 아오이를 기다리는 장면. 모두 같은 방향으로 거슬러 걸어가는 사람들을 뒤로 한 채 아오이를 기다리는 준세이의 모습. 미소. 다케노우치 유타카라는 분위기 있는 일본의 꽃미남 배우는 준세이 역으로 정말 딱이었다. 감정이입이 심하게 잘되어 버리더란 말씀.

□ 츠지 히토나리(辻仁成) 일본의 소설가. 록밴드 'ECHOES'의 보컬 경력이 있을 만큼 가수로도 활동했다. 그 외에도 영화감독과 시나리오 작가 등 다방면에 걸친 재능을 선보이는 아티스트. 에쿠니 가오리와 함께 《냉정과 열정 사이 : Blu》 공동 집필. 대표적인 작품으로 《안녕 방랑이여》 《사랑을 주세요》 등이 있다.

도쿄 타워

도쿄 연인들에게는 사랑의 신화인 도쿄 타워. 프랑스의 에펠탑도 그렇고, 사랑은 높은 곳에서 아득한 저 아래를 바라보며 안도하는 관망에서 확인될 때 가장 로맨틱한 순간을 기록하는 건지도 모른다. 그러나 늘 높은 곳에서 살 수만은 없잖아. 새도 아니고서야…

암튼 도쿄 타워는 일본 사람들에게 사랑이랑 꿈의 아이콘이다. 연인들은 도쿄 시내 어디서든 보이는 도쿄 타워를 보며 사랑을 속삭이고, 또 젊은 친구들은 꿈을 바란다.

도쿄에 지인들이 놀러 왔을 때마다 하늘과 가장 가까운 미술관이라고 그들이 자랑하는 롯폰기의 모리 미술관에 갔다. 360도로 펼쳐지는 도쿄의 뷰가 끝내 주는 곳이기 때문. 야경이 더 좋다. 그 야경 속엔 보석처럼 빛나는 도쿄 타워가 있어서 더 아름답다. 그래서인지 이제 나에게도 도쿄 타워는 즐거운 추억의 아이콘이 되었다.

그렇게 여행이란, 나만의 추억의 지도를 조금씩 넓혀 가는 것일지 모른다.

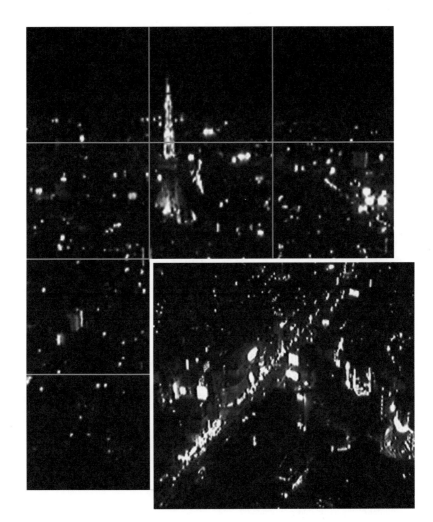

태풍 뒤에

밤새도록 천둥과 번개가 번갈아 치고 이케부쿠로가 떠내려갈 듯 폭우가 퍼부었다. 잠이 오지 않았다. 가뜩이나 지진이 많은 나라. 태풍까지 함께 온다면, 생각만 해도 끔찍했다.

천재지변을 걱정하다 보니 갖가지 일어나지 않은 인재지변도 함께 걱정되기 시작하는 게 하룻밤으론 모자랄 것 같은 쓸데없는 걱정에 시달리게 되는 것이었다.

지진 이야기가 나왔으니 말인데, 지진에 대한 여기 사람들의 태도란 참으로 불가사의하다. 일단은 너무 침착하다. 물론 꼼꼼한 그네들, 지진에 대한 준비는 철저히 하고 있다. 지진이 일어났을 때를 대비하여 비상용 물이나 각종 구명 도구 등이 집집마다 상비되어 있기는 하지만 지진이 일어나면 당할 수밖에 없다는 말을 누구나 한다.

이렇게 흔들리는 땅에서 어떻게 사냐고 물어 보면 익숙해져서 괜찮다라는, 어떻게 보면 아주 강 건너 불구경하는 듯한 태도로 말을 한다. 사실 틀린 말은 아니다. 지진이 일어나면 당할 수밖에 없는 일. 지진을 피해 도망갈 순 없으니 말이다. 참고로 지진이 났을 때 가장 안전한 곳은 좁은 화장실이란다.

암튼 그 태풍과 폭우의 다음날 아침. 하늘은 지난밤의 쓸데없는 걱정들을 비웃기라도 하듯 말끔히, 쾌청히 개어 있었다. 그 하늘을 보니, 지난밤의 고민들은 정말 씻은 듯이 잊게 되는 것이었다. 바보처럼…

그 망각 때문에 사람은 아무리 힘든 일이 있어도 어떻게든 살아가게 되어 있는 건가. 폭우 뒤라서인지 더 청명한 하늘이었다.

설거지 방법의 매뉴얼화

일본 유학을 온 학생들의 일상을 둘로 딱 나눠 본다면 그건 아마 학교 공부와 아르바이트가 될 것이다. 아르바이트 때문에 다들 힘겨워하지만 아르바이트가 있기에 그나마 일본에서의 유학 생활이 가능하다. 유학생이라는 신분 자체가 경제적 풍족함과는 거리가 먼 존재라는 건 당연하지만 일본만큼 아르바이트 생활에 유용한 도움을 주는 나라는 또 없을 것이기 때문이다. 그래서 많은 사람들이 일본을 유학지로 선택하고 그만큼 많은 유학생들이 아르바이트로 생활을 영위해 나간다. 유학생들뿐이랴. 취업하기가 하늘의 별따기만큼 힘든 경제 구조의 일본 사회에서 아르바이트나 파트 타임으로 생활을 유지하는 일본인들이 사실은 더 일반적이다. 한 달 벌어 한 달을 살고 돈이 더 필요하면 아르바이트 시간을 늘린다. 재테크나 노후 대책이 필요없는 건 아닐진대 이상하게 그들은 그 문제에 관심이 없는 듯 보인다. 그 사정이야 속속들이 알 수는 없지만 말이다. 암튼 그 아르바이트를 나도 일본 유학 생활 동안 계속했다. 우선은 한국어 개인 강습을 했고, 백

146

화점 도시락집에서 도시락 만드는 일을 했으며, 병원 식당에서 설거지와 주방 일 보기를 거쳐 마지막으로 도쿄를 떠날 때까지 서점 카페에서 서빙 보는 일과 커피 내리는 일을 했다. 난생 처음 육체 노동으로 돈을 벌어 보았다. 20대 청춘도 아니고 그리 빠릿빠릿한 몸놀림도 아니었기에 몸을 써서 돈을 버는 일이 처음엔 너무 고단했다. 하지만 아르바이트가 단지 돈을 버는 수단이 아니라 일본 사회를 이해하는 공부이자 일본인들이 일하는 모습을 옆에서 볼 수 있는 좋은 기회가 돼주리라는 생각에 쉼 없이 일을 했다. 실지로 아르바이트를 하며 일본어가 많이 늘기도 한다. 외국어 익히기는 학습에서 시작되지만 그 훈련은 생활 속에서 생존을 위해 사용될 때 는다는 것을 그야말로 몸으로 체험할 수 있었다. 그런데 단지 육체 노동의 고달픔 말고 정작 내 머리 뚜껑이 열리게 했던 또 다른 이유가 있었으니 그건 바로 징그러우리 만치 꼼꼼하고 치밀한 그네들의 일하는 방식이었다.

사실 나 자신이 좀 설렁설렁하고 꼼꼼하지 않은 부분이 있다는 것은 인정한다. 그러나 그렇지 않았다 치더라도 그들의 꼼꼼한 일처리 방식을 따라가기에는 무리가 있었다고 생각한다. 왜냐하면 그들의 일처리 방식은 하루 이틀, 1~2년 안에 그 가게에서만 완성된 것이 아니라 오랜 시간과 시행 착오를 거쳐 사회 구조적으로 완성된 하나의 거대한 매뉴얼이기 때문이다.

백화점 도시락집, 병원 식당, 서점 카페라는 서로 다른 세 군데의 일터를 전전하다 보니 깨달은 것이 있다. 이들의 일하는 방식은 직종에 상관없이 닮아 있다는 것. 그릇 하나의 설거지 방법에서 행주를 말리는 방법, 비닐봉지의 입구를 묶는 방법에 이르기까지 고정화된 매뉴얼이 있다는 것이다. 그 매뉴얼은 처음 접했을 땐 뭐 이렇게까지 할 필요가 있나 싶지만 한 번 몸에 익숙해지면 그보다 더 효율적이고 편할 수가 없는 중독성의 것이었다.

처음 일을 시작하는 신참이 담당하는 것은 어디든 설거지다. 특히 카페의 경우 물컵과 커피잔과 접시 등 커피를 내리는 일만큼이나 설거지의 비중이 컸다. 열심히, 열심히, 깨끗이를 마음속으로 외치며 박박 그릇을 닦고 있는 내게 점장 야마나카가 슬그머니 다가와 말을 꺼냈다. 그렇게 설거지하면 너무 물과 세제를 많이 쓰게 되어 비경제적이라는 것이다. 그러면서 설거지 방법에 대해 가르치기 시작했다. 즉 매뉴얼 강의가 시작된 것이다. 우선 커피잔의 손잡이에 왼손 엄지손가락을 끼운다. 그리고 오른손에 든 수세미로 커피잔 안을 두 번, 밖을 두 번, 마지막으로 바닥을 한 번 훔친다. 그리고 한 번 헹군 뒤 얼룩이 제대로 닦였나 살펴본 후 닦이지 않은 부분이 있다면 작은 수세미로 그 부분만 한 번 더 닦는다. 그렇게 하면 물 사용량을 60% 줄일 수 있고 세제도 3분의 1 정도로 닦을 수 있단다. 확인해 볼 순 없었다. 그러나 설거지 싱크에 서서 설거지하는 그 누구도 같은 동작으로 설거지를 하고 있었다. 설거지뿐이랴. 대걸레로 바닥 닦는 일도 마찬가지. 처음부터 물을 묻혀 걸레질을 하는 게 아니라 일단 종이 걸레로 큰 먼지를 훔쳐 낸 후 걸레를 물에 적시는 게 아니라 바닥에 물을 뿌리며 대걸레질을 한다. 그 물도 한 번 훔치는 데 이 정도를 쓰라고 지시한다. 자, 쪼잔한가? 근데 그들은 그걸 오랜 시간에 걸쳐 알아냈고, 그걸 실제 비즈니스에 120% 적용시키며 일의 효율성을 최대한으로 뽑아 내고 있다. 비닐봉지 묶는 방법도 그냥 꽁꽁 묶는 게 아니다. 나중에 다시 풀 경우를 생각하여 한 번에 풀면 풀어지는 고리를 만들어 묶는다. 도시락집에서 배운 습관대로 카페에서도 비닐봉지를 그렇게 묶어 놓았더니 점장이 어떻게 알았냐고 놀라워했다. 서빙 보는 종업원들의 손님 응대 방법이라던가 친절함이 어느 가게에 가든 묘하게 닮아 있다는 것. 그러나 대부분 친절하고 불쾌감 없이 서비스를 받을 수 있었다. 또한 이들은 단지 입으로 매뉴얼을 전하지 않는다. 이 모든 걸 문서로 정리해 파일로 만들어 놓더라. 그래서 한동안은 파일을 복사해 가지고 다니며 외웠다. 그러느라 일어가 많이 늘기도 했다.

설거지 방법까지 매뉴얼화시켜 놓는 그들. 소설가 무라카미 류가 써놓은 비판을 본 기억이 난다. 일본은 연공서열제이고 단계별 발전과 진화를 추구하는 사회라 폭발적 진보가 이루어지기는 어려운 구조의 사회일지 모른다고. 그러나 지금의 일본이 있기까지의 저력이 무엇일까를 생각해 볼 때 바로 저 매뉴얼이 큰몫을 하지 않았을까라는 생각이 든다. 메모는 기록이 되고, 그 기록이 모이면 역사가 되며, 그 역사로부터 노하우는 끌어내어지는 것이다. 그렇다고 그들의 매뉴얼 노하우가 하루 아침에 내 것이 될 수는 없겠지만 암튼 그들의 못 말리는 정리 정돈 및 꼼꼼한 일하기 방식 덕분에 느슨한 내 일처리 방식을 조금은 팽팽히 조일 수 있게 되었다. 비닐봉지 묶는 법만큼은 자신 있다. 그 다음에 묶은 고리를 푸는 사람이 "아이, 이거 누가 이렇게 꽁꽁 묶어 놨어!"라고 화내지 않고 "오, 쉽게 풀리는데"라고 기분 좋게 풀어 낼 수 있도록 묶어 내는 데 말이다.

사람

테라사키를 추억함

사람에 대한 감이 가끔은 무섭도록 맞아떨어질 때가 있다. 우연으로 혹은 그 사람과의 관계가 펼쳐질 필연의 징후로.

사진학교 입학식날 함께 공부할 10명의 클래스메이트들을 만나기 직전 어떤 첫 느낌을 받을 수 있을까에 대한 기대로 마음은 무척 설레 었다. 이상하게 오키나와 냄새가 나는 친구를 한 명 발견했다. 테라사 키 토모미였다.

여기서 오키나와 냄새란 도시의 반대급부적 의미로서의 자연, 문명 과 동떨어진 의미로서의 원시, 나약하지 않은 원초적 순수함 등등의 다소 쎈 분위기를 말한다.

오키나와에 가본 적도 없는 내가 오키나와에 대해 들은 이야기와 오 키나와 음식, 음악을 겨우 접한 주제에 이렇게 그 느낌을 멋대로 정의 해도 될까 싶었지만 암튼 그 친구를 보자 그냥 그런 느낌이 떠올랐다.

오, 신기한 건 테라사키가 도쿄에서 대학을 졸업한 후 정말 오키나와에 내려가 3년 동안 살다 왔다는 사실! 미술을 전공한 테라사키는 오키나와의 자연 속에서 스킨헤드의 모습으로 아르바이트를 하며 사진을 찍으며 살았다고 한다. 왜 오키나와에 갔냐고 물었더니, 그 당시 대학 졸업생들에겐 그게 유행이었다고.

암튼 1년 동안 테라사키는 사진에 대해, 일본에 대해, 사람들에 대해 많은 이야기를 나눌 수 있는 좋은 친구가 되어 주었다. 그녀는 눈에 보이는 세상보다 마음으로 보는 심상心象을 사진에 담으려 했다. 그래서 콜라주, 솔라리제이션, 컬러 반전 등 다양한 방법으로 색다른 사진을 만들어 내곤 했다. 어떻게 보면 사진보다는 추상적 회화에 가까운 작품들이었지만, 이렇게 세상을 볼 수도 있구나라는 자극을 받을 수 있어 신선했다.

테라사키는 또 별로 유명하진 않지만 좋은 노래들을 추천해 주기도 했는데 그녀를 통해 소개받은 이노우에 요우스이(井上陽水)*라는 조금 나이든 남자 가수가 있다. 뭐랄까. 다른 미사여구보다 한 마디로 '멋지다!'라는 말이 어울리는 청아한 목소리의 아저씨였다. 테라사키가 좋아하기엔 좀 연령대가 높지 않은가 싶었지만 독특한 취향의 그녀라면 좋아할 만도 해, 라는 생각이 들었다.

테라사키는 교실 칠판에 그의 이름을 써가며 노래에 대해 설명해 주

□ 이노우에 요우스이(井上陽水) 70년대 일본 포크 전성기의 대표적 아티스트. 하이톤이지만 맑고 청아한 음색, 시적인 가사와 선율의 노래를 불러 대중들의 많은 사랑을 지금까지 받고 있는 일본의 대표 가수.

었다. 처음엔 장난으로 요우스이라는 이름의 한자를 太陽으로 가르쳐 줬다. 진짠 줄 알았지. 근데 알고 보니 陽水였다. 이노우에 요우스이의 노래 중 가장 좋아하는 노래는 〈카사가 나이(우산이 없어)〉라는 블루스 곡이다. 차가운 비가 정말 마음 속에 스며드는 듯한 노래.

아게하를 추억함

키치죠지에서 조우한 친구, 아게하. 혹은 제제, 몽상가. 나이는 나보다 한참 어리지만 시간과 행간을 뛰어넘어 대화하는 것이 마냥 즐거운 행운. 이상한 주파수로 이상한 코드를 혼자 알아차리고 고독하게 그러나 유유자적 커뮤니케이션하는 친구. 미묘한 유머를 알아봐 주는 친구. 누가 뭐래도 꿈꾸는 사람의 표정이 좋다는 생각을 했다. 아게하는 '나비'라는 뜻.

이쁜 놈을 추억함

적지 않은 나이에 유학생의 신분이 된 탓인지 아님 덕인지 이곳 도쿄에서, 아니 일본어 공부를 했던 키치죠지에서 나는 나보다 한참이 어린 동생들과 클래스메이트가 되었다.

처음 이 친구를 봤을 때 한국 사람이라고는 차마 생각 못했다. 뚜렷한 이목구비의 외모며 갈색 머리카락 때문에. 공손한 일어로 물었다. "저기 어느 나라 분이세요?" 그러자 너무나 느릿하고 수더분한 말투의 대답이 되돌아왔다. "저 한국 사람인데요오~"

이 친구를 보며 놀란 건 그것뿐이 아니었다. 저렇게 예쁜 얼굴에 저

Dear Terasaki

Dear

Dear Ageha

렇게 아저씨 같은 성격이라니! 유일하게 나와 소주를 대작할 수 있었던 주량으로 가끔 좋은 술친구가 되어 주었다.

무려 나와 띠동갑임에도 불구하고 이 친구와 나누었던 이야기의 스펙트럼은 다양했다. 자기를 소중히 여길 줄 아는, 그래서 다른 사람도 그만큼 소중히 여기는 법을 잘 알았던 친구. 나는 이 친구를 '이쁜 놈'이라 부른다. 이쁜 놈은 지금 밴쿠버에서 열심히 공부하고 있다.

과테 부인과 아브노말을 추억함

도쿄에 있는 동안 정신적으로 육체적으로 헐벗은 유학생을 위해 라면, 소주, 카레 등등의 구호 물자를 들고 직접 도쿄를 찾아 주신 고마운 친구들을 추억한다.

서울에서 만날 보는 얼굴들이었음에도 그곳에서 보니 왜 그리 눈물이 솟을 만큼 반가웠는지. 역시 공간이 바뀌면서 마음의 지형도 바뀐다. 누군가를 만나고 관계를 맺어 가는 것의 타이밍만큼이나 중요한 것은 어느 곳에서 마주치느냐다.

각설하고, 도쿄를 찾아 주었던 과테 부인과 아브노말. 홍대 앞에서 만날 소주 한 잔에 삼겹살 구워 먹던 그녀들. 저렇게 환하게 웃을 수 있는 사람들은 흔치 않을 것 같다는 느낌을 주며 멋진 구샤구샤(꾸깃꾸깃) 웃음을 지어 주었다. 얼굴 근육을 모두 사용하여 활짝 웃는 웃음, 즉 얼굴을 구기며 마음껏 웃는 웃음을 구샤구샤 와라이(꾸깃꾸깃 웃음)라 한다. 구겨져도 좋아~ 웃어만 준다면.

사치 상을 추억함

광고 디자인 일을 하는 그래픽 디자이너 사치 상과 8개월 정도 함께 한국어 공부를 했다. 원래는 쇼지 사치요라는 풀 네임인데 그냥 사치 상이라 부른다. 사치 상은 뭐라 그 이유를 딱 부러지게 설명할 순 없지만 왠지 한국 사람 같은 친근한 느낌을 주는 일본 사람이었다.

양말 신는 게 답답하다고 한겨울에도 늘 맨발로 다녔는데 "추워요~"를 입에 달고 다니는 사치 상을 구박했었다. "양말을 신으세요! 그러니까 춥지!"라며.

그녀가 한국어에 관심을 가지게 된 계기는 역시 한류 스타들의 매력 때문. 어딜 가나 연예인 이야기는 여자들을 묶어 주는 힘이 있는 것이어서 연예인에 대한 수다로 돈독한 우정을 나누었다.

하지만 한류 스타에 대한 관심으로 시작된 한국어 공부가 사치 상에게는 한국과 한국어에 대한 관심과 진정한 애정으로 이어졌다. 받침 개념이 없는 일본어 발음으로 어려운 받침투성이의 한국어를 공부한다는 것이, 그 수많은 뉘앙스의 형용사와 부사를 공부한다는 것이 쉬운 일은 아니었을 것이다. 그러나 사치 상은 꾸준히 한국어를 공부했고 한국 여행도 틈틈이 다녀와서 오히려 나에게 서울 소식을 들려주기도 했다.

사치 상은 정이 많은 한국 사람들, 솔직한 한국 사람들이 좋다고 했다. 무엇보다 술이 쎈 사치 상. 독한 소주에 그 맵고 뜨거운 불닭도 잘 먹어서 나를 놀라게 했다.

참, 일본에는 네코지타(고양이 혀)라는 말이 있는데 뜨거운 걸 잘 못

먹는 사람들을 그렇게 표현한다. 유난히 뜨거운 음식에 약한 일본 사람들. "나는 고양이 혀라서…"라고 말하며 뜨거운 국물이나 음식 앞에선 쩔쩔맨다. 고양이들이 정말 뜨거운 걸 잘 못 먹는지 본 적이 없으니 알 수가 있나. 암튼 사치 상은 네코지타가 아님에는 분명했다. 사치 상은 복분자주의 열렬한 팬이기도 했다.

도쿄를 떠나오긴 전 조촐한 송별회를 가졌다. 난생 처음 마셔 보는 피노누와 샴페인이 주 메뉴였는데 그날 많이 마셨고 꽤 취했었다. 이별에 취했던 거겠지.

문득 다가와 비밀을 털어 놓는 사람들

　도쿄에 놀러 왔던 후배가 이곳 사람들의 첫인상에 대해 말했다. 속으로 무슨 생각을 하고 있는지 전혀 모르겠는 얼굴을 하고 있다고. 그렇게 있다가 속은 곪아 터지는 게 아닐까란 생각이 든다고.

　그 느낌, 나도 알 것 같았다. 일시에 끓어오르는 뜨거운 성품의, 미웠다가 사랑했다가의 감정의 폭이 넓은 코리안들에 비해 일본, 아니 도쿄진(동경인)들은 너무나도 침착해 보인다. 아니 사실 침착하다. 호들갑을 떨지 않는다고나 할까. 사실은 이들의 생활 자체가 끓어오름과는 거리가 먼 것인지도 모른다. 카페에서 혼자 커피를 마시며 책을 읽는 일상이나 카운터 식 카레집에 일렬로 앉아 혼자서 밥을 먹거나 도시락을 까먹는―물론 혼자―모습에서 조용히 자신들의 일상을 자기 식으로 영위해 나가는 모습을 본다.

　그러나 방심하면 안 된다. 언제나처럼 '그러나'를 등장시키는 이면이 이들에게는 있다는 걸 도쿄 생활 2년 만에 나는 발견해 버렸으니까. 처음 TV

방송을 볼 때 가장 놀랐던 것은 뉴스의 선정성이었다. 너무나도 놀라운 사건사고들이 연일 터지고 그 사건사고들이 뉴스의 톱으로 방송된다. 보통 정치적 이슈나 국제적 사건이 뉴스의 톱으로 등장하는 한국의 방송과 달리, 일본 방송 즉 10시 뉴스나 단신 뉴스의 톱은 뭐랄까 끔찍한 사건들의 뷔페와 같다. 그 사건사고들의 양상이 마치 B급 컬트무비처럼 엽기적이고 기상천외하여 아연해질 때가 많았다.

어떻게 저런 사건이… 사람이 어떻게 저런 일을 벌여? 근데 저 사건이 10시 뉴스 톱으로 나와? 아님 새벽부터 나와? 그것도 하루하루 다양하기도 하지. 부모를 살해하는 자식, 자식을 살해하는 부모, 집에 불을 질러 의복동생을 죽게 한 중학생, 이유 없이 길을 가다 칼을 휘두르는 젊은이, 지하철 플랫폼에서 그냥 승객을 달려오는 전철을 향해 미는 사람, 남편에게 인슐린을 다량 투약하여 살해를 공모한 아내, 일부다처제를 몸소 실천하고 있는 중년 남자, 그 중년 남자와 행복하게 살았다고 말하는 어린 아내들, 남편을 토막살인하여 상반신은 신주쿠 역 근처에 하반신은 도쿄 근교에 내다 버린 부인 등. 술을 먹고 연일 고성방가를 일삼는 아들이 이웃에게 폐를 끼치는 것이 민망하여 아들을 죽인 노모의 이야기는 지금 생각해도 충격적이다.

누군가에게 폐를 끼친다는 것, 이들은 그걸 병적으로 싫어한다. 그러니 남에게 폐 끼침을 받는 것 또한 이갈리게 싫어할 것이 분명하다. 특별히 예의가 바르거나 정신적 세계가 도덕적으로 정연하여 그런 것 같지는 않다. 그렇다면 이유는 무얼까. 일본이 섬나라이기 때문에 변태 성향의 사람들이 많다는 다소 신빙성 없는 주장을 하는 사람들도 있지만, '변태'라고 단정 짓기에는 너무 미묘한 성향의 특이한 캐릭터들이 이곳엔 너무 많다. 그들은 그런 특이한 행동 반경의 폭 안에서 자신을 주장하는 게 아닐까. 그리고 그것이 삶으로 사건의 양상으로 불거져 나오는 게 아닐까. 뉴스 속 기상천외한 범죄와 사건들을 보며 문득 그들이 힘겹게 지니고 있었던 가슴속의 비밀을 털어 놓는 게 아닐까라는 생각이 스치고 지나갔다.

누구나 자신의 삶 속에 비밀 한두 가지쯤은 가지고 살아간다. 기쁜 비밀은 은밀히 그 삶의 힘이 되어줄 것이지만 슬픈 비밀은 가슴을 짓누르는 무게가 되고 인생을 비틀게 할 원인이 될지도 모른다. 기쁨보다는 슬픔 쪽에 더 가까운 그 비밀과 사정事情 들이 '사건'이란 몸을 빌려 세상에 드러내어진 '마음'들이란 생각이 들었던 건 왜일까.

뉴스에 쇼처럼 등장하는 수많은 사건들에는 모두 이유가 있다. 그 이유는 바로 '소외'와 '무관심', '외로움' 등에 의한 극도의 원한과 미움과 분노의 표현. 물론 사람이 사는 곳, 그 어느 곳에서건 이런 일이 없으랴만은 더욱 도쿄에서 도드라져 보이는 이유는, 이들이 그걸 어느 순간 갑자기 털어 놓는다는 느낌을 주었기 때문이다. 마치 선언하듯 자신의 비밀을 털어 놓는다고나 할까. 그건 그들이 평상시에는 정말 아무렇지도 않은 듯 침착하게 살아가기 때문이다. 그러나 정말 아무렇지도 않은, 아무 일도 없는 삶이란 과연 존재하는 것인가.

태연한 얼굴을 하고 있으나 어느날 갑자기 다가와 무거운 비밀을 털어 놓는 사람들. 그들의 극한의 행동들이 내겐 그렇게 보인다. 결국 어디든 인간의 희노애락의 화학작용과 부작용은 비슷하다. 우주인인들 그렇지 않으랴. 우주인을 만나 보지 않았으니 알 순 없지만.

예술

하늘과 가장 가까운 미술관

롯폰기는 도쿄에서 성공한 젊은 IT 기업인들의 요새다. 특히 롯폰기 힐즈에서 일하는, 혹은 생활하는 사람들을 '힐즈족'이라 부르는데 도쿄 젊은이들에겐 선망받는 신흥 귀족으로 통하며 롯폰기 힐즈 입성을 성공의 척도로 평가하곤 한다.

솔직히 그들을 그저 TV에서 봤을 뿐이기에 와 닿는 느낌은 없지만 그냥 그렇다니까 그렇구나, 할 뿐이다. 하지만 롯폰기에 가끔 들를 때마다 어렴풋이 신주쿠나 긴자 등등과는 다른 분위기를 느낀다. 아직 완성되지 않은, 미숙하지만 막 터질 것 같은 두근두근한 활기랄까.

암튼 나는 롯폰기라는 동네를, 그런 성공 무드와는 전혀 상관없이 순전히 모리 미술관을 가기 위해 찾았었다. 하늘 아래 가장 높은 곳에 있는 미술관이라고, 그들은 모리 미술관을 광고한다.

모리 미술관의 전시는 최소한 3개월에서 5개월간에 거쳐 열린다.

어느새 전시가 끝날까 봐 서두를 필요가 없는 유일한 미술관이다. 2005년 가을부터 2006년 해를 넘겨 모리 미술관에는 외국에서 더 알아 주는 일본 사진가 스기모토 히로시(杉本博司)*의 전시가 있었다.

스기모토 히로시는 기가 막힌 컨셉 하나를 오랜 시간을 거쳐 사진으로 풀어 낸다. 완성도와 아이디어 면에서 모두 인정받고 있는 사진가. 〈Seascape〉라는, 전 세계의 바다를 돌아다니며 찍은 시리즈 사진이 있는데 사진의 포맷이 모두 똑같다. 다만 그곳에 담긴 바다와 시간, 빛이 다르기에 흑백의 계조가 미묘히 다르다. 그는 100만 년 전 원시의 사람들이 바라보았던 바다의 느낌은 어땠을까, 라는 생각에서 그 시리즈 사진을 찍기 시작했다고 한다. 오랜 시간 장노출로 사진을 찍기에, 그 시간 동안의 빛과 공기가 온전히 사진에 담긴다.

사진의 포맷이 정확히 같은 이유는 그가 피사체를 바라보는 카메라의 프레임 안에 바다와 하늘의 경계를 이루는 수평선을 미리 그어 놓고 그 선에 맞추어 촬영을 했기 때문이다.

스타일의 보편성을 가지면서도 사진 속의 바다는 전 세계 곳곳의 바다이며, 모습은 같지만 다른 시간, 다른 공간, 다른 빛과 바람이 프레임 안에 담기게 된 것이다. 그를 통해 그는 사진이라는 정지된 화면 안에 시간을 담아냈다. 영원을 담아냈을지도 모를 일이다. 100만 년 전

의 누군가가 보았을 바다가 2006년 지금 나라는 사람의 눈앞에 펼쳐지고 있는 건지도 모른다는 묘한 상상과 착각을 하게 한다.

모리 미술관은 53층이고 52층은 도쿄 시티 뷰의 전망대. 360도를 돌아가며 도쿄를 조망할 수 있다. 그 야경은 보는 사람 누구에게든 탄성을 자아내게 하기에 충분하다. 마음을 열어 주는 감동이 있기에 연인들의 프로포즈 장소로 적격이다.

해가 지기 시작하는 저녁 6시 즈음에서 7시까지 도쿄라는 도시 전체에 하나둘 불이 켜지는 풍경을 천천히 지켜 봤던 것도 좋았지만, 비오는 날의 도쿄 시내를 바라보는 것도 정말 좋았다. 비를 품은 구름이 낮고 두껍게 드리워진 그레이 빛의 도쿄는 아주 차분하고 더할 나위 없이 섹시한 것이 퇴폐적이면서도 지적인 배우 제레미 아이언스를 닮은 것 같았다. 지극한 나의 편견으로 이야기하자면.

1평전

도쿄에도 작은 갤러리들은 많다. 도심 곳곳에 별사탕처럼 박혀 있는, 작지만 개성 있는 갤러리를 순례하는 일은 밤거리를 쏘다니며 사진을 찍는 일만큼이나 빼놓을 수 없는 도쿄 생활의 즐거움이 되어 주었다.

물론 크고 근사한 건축물의 미술관
도 많다. 하늘과 가장 가깝다고 그들
이 자랑하는 롯폰기의 모리 미술관.
굵직굵직 주옥 같은 사진전이 1년 내
내 열리는 에비스의 도쿄도 사진 미
술관(줄여서 도샤비라 부름). 개관한 지
얼마 안 되었지만 도쿄 미술관의 간
판 스타가 될 국립 신현대미술관. 물
결이 흐르는 듯한 건물 전면, 우주적
인 느낌의 파사드가 근사했다.

하지만 이런 메인 스트림의 미술관들이 인기가 많은 기획전을 열고
스타급 작가들의 작품들을 전시함으로써 그 시절 예술적 흐름을 조망
할 수 있게 해준다면, 작은 빈티지 갤러리들로부터는 '점'들이 하나하
나 찍혀 하나의 큰 흐름으로 이뤄지는 과정 속에 보는 사람이 흡수되
는 듯한 그런 충만한 느낌을 받을 수 있었다.

그 점들이 메인 스트림을 반영이든, 아님 그냥 끝까지 홀로 고수하
는 개인의 성향이든 각기 다른 빛을 발하는 예술적 감성을 하나하나
손으로 만져 가듯 마주치는 그 아날로그의 시간들이 좋았다.

1평전(히토쓰보덴)은 말 그대로 작가 한 사람에게 1평의 전시 공간을
부여하는 전시회이며 전시 방식이다. 막 시작하는 작가들에게 전시 공
간을 확보하는 일은 하늘의 별따기만큼 어려운 일일 것이다. 그런 젊

은 작가들을 위해 1평전은 온라인을 통해 작품을 공모받고 1년에 한 번 그 작품들 가운데서 최종적인 작품을 선별하여 긴자의 '가디언 가든Guardian Garden'이라는 갤러리에서 1평전을 열어 준다.

젊은 예술가와 사진가는 물론 미술가들이 이곳을 통해 많이 데뷔한다. 한 마디로 예술계는 젊은 피를 공급받고 젊은 작가들은 자신들의 독특한 감성들을 처음 세상에 선보이는 곳이라고나 할까. 시작하는 사람들을 위해 좋은 아이디어와 규모라는 생각이 들었다.

전시 방식도 특별한 룰 없이 자유분방하다. 툭툭 빨래를 걸어 놓듯 작품들을 벽면에 자유분방하게 걸어 놓았고, 작가들도 편안하게 전시장을 찾아온 관람객들과 허물없이 대화한다.

거품을 빼고 어깨에 힘을 뺀 1평전의 전시 방식이야말로 도쿄의 작은 빈티지 갤러리의 전형적인 전시 방법. 권위와 형식의 주류 미술관들의 활약 못지 않게 그들 작은 갤러리도 훌륭히 각개전투하고 있다.

Araki & Yoko

아라키 노부요시. 일본이 사랑하는 사진가.

우리나라에도, 그렇게 대중적으로 사랑받는 사진가가 있었던가? 물론, 사랑받는 작가는 많으나 사진이라는 카테고리 안의 사람들이 아닌 그냥 똑딱이 카메라로 일상 속의 사진을 찍는 대중들이 사랑하는 사진가는 별로 없는 듯하다.

도쿄에는, 어느 서점에 가도 아라키의 사진집이 한 섹션 정도는 차지한다. A로 시작하는 그의 이름이기에 가장 첫 번째로 서가에 꽂혀 있다. 우리가 익히 봐서 알고 있는 그의 유명한 사진들 말고 소소한 일상 속의 사진들도 책으로 만들어져 소담하게 자리를 채우고 있다.

여자를 묶어 놓고 사진을 찍고 함께 관계를 맺었던 여자의 누드 사진을 찍는 아라키가 가학적 성적 코드만을 추구하는 변태 사진가라 생각한다면 안타깝다. 고양이 수염 같은 일상의 소소함이나, 너무 맑아서 슬퍼지는 도쿄의 하늘 같은 섬세함도 그의 사진 속에는 있다.

아라키의 사진을 많이 보다 보니 왠지 그가 무척 수줍음이 많은 사람일 것 같다는 느낌이 들었다. 늘 선글라스를 끼고 눈빛을 드러내지 않는 모습이며 피카추 헤어스타일. 암튼 재밌는 할아버지다.

신오오쿠보에서 사진을 찍고 있는 그를 본 적이 있다. 옆에는 사진 찍는 그를 찍는 어시스턴트 사진가가 있었다. 생각보다 배가 많이 나왔고 얼굴 빛이 붉었다.

아라키의 사진은 그의 부인 요코가 죽기 전과 후로 나뉜다고 본다. 《YOKO》라는 제목으로 부인 요코의 사진만으로 채워진 사진집이 있다. 처음 대학 시절 풋풋한 연인으로 만났을 때부터 결혼하고 사랑하며 성숙한 동반자로 함께했을 때의 사진과 그녀가 죽었을 때의 영정사진까지. 한 사람의 역사를, 그 역사를 바라본—혹은 함께한—사람의 시선으로 모두 담아 놓았다. 마지막 사진은 영정사진. 그리고 아주 맑았을 것 같은 쾌청한 도쿄의 하늘 사진이었다.

한 사람에 대해 애정, 혹은 애증, 혹은 관심, 혹은 지지의 마음을 가지고 그렇게 오랫동안 사진으로 찍는다는 것. 그 또한 하나의 다큐멘터리라는 생각이다. 도전해 보고 싶은 다큐멘터리이기도 하다.

사진은 요코의 좋았던 어느 한때. 사진 속에, 그녀와 함께 있었을 아라키도 보인다.

테라야마 슈지

테라야마 슈지(寺山修司)*는 일본을 대표하는 전위예술가다. 시도 쓰고 외설적인 분위기의 그림도 그리고 사진 퍼포먼스도 하는데 일본의 많은 예술가들에게 영감을 준 예술가다.

테라야마 슈지의 젊은 시절 사진. 이렇게 젊었었다니! 놀라서 한 컷 찍다. 이상하게 지금은 나이 들어 버린 누군가의 젊었을 때 사진을 보면 콧등이 시큰해진다. 기타노 다케시(北野武)*의 20대 사진을 보고도 그런 느낌이었다. 괜히 울컥했다. 그도 이렇게 어렸구나. 그도 이렇게 파릇했구나.

그렇게 누구나 이런 시절, 저런 시절, 내가 겪었을 한 시절을 똑같이 관통했을 것을 생각하고 또 확인하면 이 세상에 이해 못할 일이란 사실 없을지도 모른다는 뜬금없는 생각에 다다른다. 대동소이한 인생에 대한 확인이랄까.

□ 테라야마 슈지(寺山修司) 1935년생. 시인, 극작가, 연출가, 영화감독. 정치적 무정부주의, 아나키스트적 관점의 충격적인 이미지들로 일본 아티스트들의 수많은 영감의 원천이 되었던 일본 전위예술계 및 실험극의 대가. 대표적인 영화로 《써드》 《전원에서 죽다》 등이 있다.

□ 기타노 다케시(北野武) 1948년생. 일본의 대표적 배우이자 감독. '비트 다케시'라는 예명으로 코미디언으로도 활동. 극단적인 폭력과 묘한 아우라의 블랙 유머가 가득한 영화들로 아시아는 물론 유럽에서도 호평받고 있는 아티스트. 그가 열연한 대표작으로 《하나비》 《소나티네》 《피와 뼈》 등이 있다.

아라키가 찍은 아내 요코의 젊은 시절

모리야마 다이도

새파랗게 젊은 시절의 테라야마 슈지

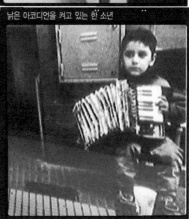
낡은 아코디언을 켜고 있는 한 소년

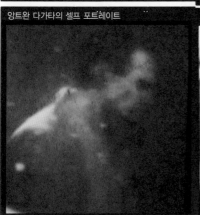
앙트완 다가타의 셀프 포트레이트

자신의 작품 앞에 선 오카모토 타로

오카모토 타로

"예술은 폭발이다!"라고 외쳤던 오카모토 타로(岡本太郎).* 오사카 국제 박람회의 상징인 커다란 얼굴 '태양의 탑'을 만들었다. 어린아이의 천진난만함으로, 혹은 천재의 괴팍한 광기로 만든 것 같은 야릇한 얼굴이다.

또 오카모토 타로는 "예술은 주술이다!"라고도 외쳤다. 폭발함으로써 사람들을 깜짝 놀라게 하고 주술로써 사람을 은근 슬쩍 속이는 것? 예술의 2대 조건임에는 분명한 것 같다.

오카모토 타로는 일본의 젊은이들에게도 대중적으로 인기가 많은 작가. 개인적으로는 그의 그림보다 원시적 느낌이 물씬 배어 있는 미완성작 같은 사진들이 좋았다. 카리스마가 넘치는 '아티스트'다.

모리야마 다이도

누군가에게 영향을 받으며 그 영향으로부터 벗어나려고 애쓰며, 그러면서 자신만의 세계와 자신만의 감각을 발견해 가는 거라 생각한다.

일본에서 조우한 사진가들이 많고 많지만 그 중 가장 좋았던 사진가, 영향을 받았던 사진가를 고르라면 모리야마 다이도다. 감히 영향

□ 오카모토 타로(岡本太郎) 1911년생. 일본을 대표하는 아방가르드 화가. "예술은 깔끔해서는 안 된다", "예술은 혐오스러워야 한다" 등 생활적인 적극성을 띤 예술, 어렵지 않고 쉬운 예술로 대중에게 다가가고자 했던 일본 현대 미술의 선각자. 그의 대표작인 오사카 박람회 기념탑의 천진난만하고 다소 주술적 분위기의 얼굴에서도 알 수 있듯이, 그는 늘 열려 있으며 새로운 세계를 향해 전복되어질 준비가 되어 있는 예술 정신을 주장했다. 우리나라에도 그의 예술론을 담은 《오늘의 예술》이 번역되어 나와 있다.

을? 그렇게 말해도 될까? 암튼 모리야마 다이도의 사진을 보며 나도 이런 사진을 찍고 싶다는 생각을 했다. 그가 사진 속에 빛을 녹여 내는, 혹은 거부하는 스타일이 멋졌다. 살아 있는 생물을 정물처럼, 죽어 있는 정물을 생물처럼 찍어 내는 그의 독특한 세계관이 마음을 끌었다.

모리야마 다이도는 철저히 거리에서 사진을 찍는다. 신주쿠를 많이 찍었다. 신주쿠를 다니다 보면 모리야마 다이도가 느껴진다. 그의 사진 속의 신주쿠가 실재하는 신주쿠보다 더 리얼하게 느껴질 정도로 그가 신주쿠를 찍은 세월과 사진량은 거대하다.

모리야마 다이도는 윌리엄 클라인으로부터 영향을 받았다고 한다. 또 앤디 워홀의 작품에 나타나 있는 '차용'과 '반복'을 사진 속에 표현하고 싶었다고 한다.

모리야마 다이도의 특강이 있어 두근거리는 마음으로 수업을 들으러 갔었다. 무엇보다 어마어마한 사진 촬영량에 놀랐고 생각보다 많이 나온 배에 놀랐다. 아직도 거리에 나가 사진을 찍는 일이 가슴 뛰는 즐거움이라고 말하는 열정에 마지막으로 한 번 더 놀랐다.

그의 사진은 동물 같다. 그의 사진집 《부에노스 아이레스》에 수록된 낡은 아코디언을 켜고 있는 한 소년의 사진. 작은 무릎 앞에 동전을 받기 위해 놓아 둔 버거킹 콜라컵을 보고 괜히 울컥했다.

슬픔은 동물의 것이라고 그 옛날 그리스인들은 이야기했다. 그렇다면 그의 사진은 슬픈 것일까? 암튼 그 사진 한 장 앞에서 눈물을 잠깐 쏟았다. 슬픈 건지 아닌 건지는 사실 잘 모르겠다.

앙트완 다가타

학기가 시작되었던 4월 초(일본은 4월에 신학기가 시작된다) 사진 전시회 견학이 있어 에비스의 도쿄도 사진 미술관에 갔다. 거기서 처음 만났다. 앙트완 다가타Antoine d'Agata*의 검고 어두운 사진들.

프레임에 가두어 한 장, 한 장 전시했던 다른 작가의 사진과는 달리 앙트완 다가타의 〈Vortex〉는 벽면 하나를 통째로 프레임으로 만들고 그 큰 프레임 안에 촘촘히 사진들을 넣어 수많은 이미지들이 한눈에 들어오도록, 혹은 하나의 큰 이미지로 다가오도록 구성했다.

"나는 사람들이 어떻게 사진을 찍는지에 관심이 없다. 나는 사람들이 왜 사진을 찍는지에 관심이 있다."

앙트완 다가타의 저 말은 단단한 임팩트였다. '어떻게'에 온통 관심이 쏠려 있던 나에게 그의 말은 '사진'이라는 존재의 본질에 대해 깊이 생각하도록 했다. 그렇다. 방법은 그 다음 고민해야 할 문제일 것이다. 왜 나는 사진을 찍고 있는가? 왜 나는 사진을 선택했는가? 그럼 그는 왜 사진을 찍고 있는 걸까?

그의 사진은 어둡다. 그의 사진은 혼돈스럽다. 그는 세상에서 가장 추한 자신의 모습을 담담히 셀프 포트레이트로 찍을 수 있는 흔치 않은 사진가일 것이다.

□ 앙트완 다가타(Antoine d'Agata) 1961년생 프랑스의 사진가. 매그넘 회원. 멕시코 국경 지대와 중남미 지역 등을 10년 동안 방황하며 찍은 사진으로 자신만의 독특한 세계를 구축함. 의도적으로 미숙한 사진, 고의적으로 완성되지 않은 불완전한 사진들을 통해 결코 공유될 수 없는 고독한 공간 속에서 방황하는 사람들의 모습과 불안한 영혼의 잠식을 표현해 냄. 사진집으로 《Mala Noche》 《Vortex》 《Stigma》 등이 있음.

그게 알고 싶어서라도 사진을 계속 찍고 싶다. 알지 못하게 될지라도 그 의문을 계속 가지고 살아가야겠다고 마음먹었다.

볼프강 틸만스

자연스러운 게 좋다. 사람도, 관계도, 물론 사진도. 요즘 관심이 생긴 사진가 볼프강 틸만스Wolfgang Tillmans*의 사진이다. 무심한 듯한 자연스러움이 일품이다. 그러나 그의 심플한 사진들은 사실 묘한 관계 속에서 연결되어 있다.

결국은 모든 게 그런 무심함, 무구함으로 돌아가게 되는 걸까. 은연중에 나는 무심함의 철학을 찾고 있는 건지도 모르겠다. 개똥 철학일까. 그러나 한 번 찾아보련다.

그리고 현실 속의 발은, 이노카시라 공원의 낙엽을 밟고 있는 내 발. 후배 티비피플이 선물해 준 날개로 잘 날아다녔다. 1년 365일 동안 계속 신으면 운동화 밑창이 닳아 버린다는 사실을 확인했다.

□ 볼프강 틸만스(Wolfgang Tillmans) 1968년생 독일의 사진가. 동시대 젊은이들의 섹스와 삶의 공간을 무심하지만 예리한 감각으로 찍어 낸 젊은 작가. 영국의 하위 문화로서의 게이 및 트랜스젠더들의 생활을 작가 자신의 삶과 동질화시켜 낸 자연스러움과 동시대 젊은 작가로서의 건강함으로 각광받음.

말을 걸어서 찍다
다
멈
추

감각이 수다스러워지는 때가 있다. 머리 위에 안테나가 달린 것처럼 온 세상의 주파수와 교감하는 듯한. 도쿄에 머무는 동안 현실 감각은 잠시 퇴화되었으나 몽상하는 제6의 감각에 날이 서기 시작했다. 그런 날은 유난히 세상이 나를 향해 말을 걸어왔다. 내가 할 일은, 말을 걸어온 그것을 향해 멈춰 서서 사진을 찍는 것이었다.

교감과 본능. 사진을 찍으며 살고 싶다는 생각을 하고 난 후부터 화두가 된 말들이다. 사진은 내가 찍는 것이지만 찍히는 대상으로부터 무언가를 받지 않으면, 성립할 수 없는 행위다. 그 무언가를 받을 수 있도록 집중하고 노력하는 것이 사진 찍는 사람의 할일이라고 생각한다. 셔터는 그 다음에 끊는 것. 그래서인지 본능이나 직감, 이런 것들이 동물처럼 발달되기를 바랐다. 그런 마음가짐으로 세상을 보고 사물을 보면 세상은 좀더 수다스러워진다. 말을 걸어오는 것들이 발견되기 때문. 어떤 날 아침엔 나보다 더 일찍 잠을 깬 까마귀가 수다스럽게 말을 걸었고, 어떤 재활용 쓰레기 수거날엔 전봇대 위의 초록색 가디건이 바람에 펄럭이며 말을 걸었다. 술을 한 잔 마시고 귀가하는 날의 밤은 말하지 않음으로써 말을 걸었고, 밤새 사진을 찍고 돌아오는 날의 새벽은 희미한 미명의 미소로 말을 걸었다. 그 말들에 대한 화답으로 나는 케이타이 폴더를 열었다. 그들이 그렇게 내게 말을 걸어서 찍다.

몽상하는 제6의 감각

연기 속으로

　담배를 피우지는 못하지만 좋아하는 사람이 담배를 피우는 풍경을 바라보는 것은 좋다. 그, 혹은 그녀가 담배 연기 속으로 흘려보내는 수많은 생각과 상념, 그리고 고민들. 그 속에 나의 것도 함께 실려 증발되기를 바라는 대리 흡연이랄까.

풍경

맑은 날은 사정없이 화창하다가도 비만 오면 으스스한 11월 날씨가 되어 버리는 이곳. 낼 모레가 6월인데 바바리가 웬말. 근데 할 수 없다. 비 오는 날은 아주 춥다.

이사온 이케부쿠로 3-10-9의 이 집은 2층 집. 우리 방은 2층 방. 창 밖에 바로 보이는 가로등 덕분에 밤이면 불을 켜지 않아도 창 밖이 환하다. 비 오는 날이면 이 가로등, 어김없이 혼자 울고 서 있다.

커피라도 한 잔 건네야 할 것 같은 풍경이다.

흔들리다

분명히 재활용을 위해 내놓은 헌 옷이었을 것이다. 이곳 사람들, 아무리 재활용 혹은 버리는 물건이라도 깨끗이 빨아서 얌전한 상태로 만들어 집 밖에 내다놓는다.

전봇대에 걸어 놓은 초록빛 가디건. 멀리서 보니 깃발처럼 펄럭인다. 그 펄럭임이, '흔들린다'는 단어로 바뀌어 내게 말을 걸었던 아침. 그즈음 내 마음이 무인도에 꽂아 놓은 깃발처럼 마침 흔들렸기에.

마음이 흔들린다는 건 스스로의 존재에 의심을 품는다는 것이다. 사랑이 사람을 아프게 하는 건 사람 때문에 스스로의 존재에 의심을 품게 하기 때문. 그러나 어떤 사람들은 타인 때문이 아니라 자기 자신 때문에 스스로의 존재에 의심을 품는다.

그 의심과 상처는 타인에 의해 받은 회의와 상처보다 더 오래 가고, 더 천천히 아문다. 아님 영원히 아물지 않을 수 있는데 그건 그 의심과 상처가 '자기애'에서 나왔기 때문이다. 자기애는 답이 없다. 그리고 가련하다. 그러나 어쩌랴. 자기 것인 것을.

1주일 동안 전봇대에 걸려 바람에 펄럭였던 초록빛 가디건. 그러나 내 유약한 마음의 흔들림은 그것보다 훨씬 더 일찍 잠잠해져 버렸다.

데자부

도시락 만들기 아르바이트를 하러 가는 길의 죠반센 전철 안에서였
다. 죠반센은 약간 도쿄 외곽을 도는 노선이라 전철이 낡고 오래되었
다. 덜컹거리는 전철은 기차처럼 정겹게 지상 위를 달렸다. 계란말이,
우엉볶음, 미역줄기, 닭튀김, 마카로니 샐러드… 전철 안에서 도시락
안에 들어갈 야채며 반찬 이름을 일어로 외우곤 했다.

그러다 무심히 바라본 창 밖. 창을 통해 들어오는 오후의 햇빛이 마
치 오래전 어디선
가 본 빛 같았다.
전생에 나는 어느
큰 식당의 주방
요리사의 보조쯤
으로 밑반찬을 담
당했었을지도 몰
라. 문득 지금이
꿈과 같았다.

수상한 그림자

롯폰기 가는 길, 지중해의 그것처럼 온통 흰 벽의 건물을 만났다. 그 위에 함부로 그려진 내 그림자. 왠지 수상하다. 내 형태와는 전혀 상관없이 독립적으로 탄생한 존재 같은 것이…

우에다 쇼지

우에다 쇼지 (植田正治)*라는 사진가가 있다. 사구砂丘의 사진가라 불린다. 끝도 없이 펼쳐진 돗토리 사막 위에 사랑하는 아내와 아이들, 친구들을 세워 놓고 거리 감각이 사라진 미니멀하고 모던한 구성의 사진을 찍었다. 에비스 도쿄도 사진 미술관 벽면에 커다란 그의 사진이 걸려 있다. 사람들은 그 사막의 사진 속으로 들어가 기념 사진을 찍는다.

□ 우에다 쇼지(植田正治) 1913년생. 사진가. 고교 졸업 후 사진을 찍고 싶어서 사진학원을 잠깐 다녔다. 그후 고향인 돗토리현으로 돌아가 사진관을 열고 수십 년 동안 고향의 사구를 무대로 한 모던한 연출 사진을 찍어 높은 평가를 받았다. 르네 마그리트의 그림을 보는 듯한, 공간과 시간 감각이 사라진 초현실적인 분위기의 사진 세계를 선보이는데, 그의 고향에는 일본의 대표적 건축가인 다카마츠 신이 설계한 '우에다 쇼지 사진 미술관'이 있다.

팝콘 사쿠라

터졌다! 이번 4월에도 어김없이 팝콘처럼 하얗게 터진 벚꽃들. 먹음
직스럽네.

길 위의 하나미

도쿄의 골목들은 정말 깔끔하다. 청소를 잘 해놓는 것인지, 아님 뭔가를 전혀 버리지 않는 것인지. 그렇게 깨끗하게 깔끔을 떨어놓으니 종이 조각 하나 흘리는 것조차 조심하게 될 정도다.

그런데 수북이 떨어져 있는데도 깔끔쟁이 도쿄 사람들이 매몰차게 바로 청소해 버리지 않는 게 있으니 그건 바로 떨어진 벚꽃 꽃잎들이다. 눈처럼 하얗게 쌓여 있도록 한동안 내버려 둔다. 하얀 골목길을 걷는 사람들의 기분이 꽃잎 같도록.

꽃이 나무에 활짝 피어 있는 동안의 벚꽃을 즐기는 하나미(花見)도 좋지만, 꽃이 진 후 길에 수북이 쌓여 있는 꽃잎들을 바라보며 다니는 기분도 좋았다.

도쿄 대불

1월 1일, 신사에 몰려가 새해 인사를 드리는 일본 사람들. 신사에는 가기 싫은 나는 절을 찾았다. 도쿄에서 가장 큰 대불이 있다는 죠렌지 (乘蓮寺)라는 절.

건강을 바라는 신체 부분에 향을 피운 연기를 쐬고 동전을 불상을 향해 던진 후 한 해의 소원을 빌고 한 해의 운수를 점쳐 보는 오미쿠지를 뽑았다. 올해의 운수는 대길大吉! 많이 움직이는 것이 좋은 해라 하고 뜬금없이 그 사람을 놓치지 말라고 한다.

기도를 마치고 이제는 먹을 시간. 무겁고 따뜻한 아마자케(甘酒)를 마시고 생강을 곁들인 야키소바를 먹었다. 아마자케를 마시면 이상하게 정말 겨울이라는 생각이 든다. 추운 날 마셔야 맛있지, 더운 날엔 도저히 못 마실 것 같은 따뜻한 술이라서 말이다. 쌀로 빚은 술이라 마시면 속도 든든하다.

Look of LOVE

니시신주쿠에서 신주쿠로 건너가는 길목. 드디어 발견했다. LOVE!
세계 메트로폴리탄 곳곳의 유명한 빌딩 앞에 세워져 있다는 똑같은
모양의 LOVE 조형물이 도쿄에도 있다는 소리를 듣고 어디 있는지 1
년 동안 찾았어도 눈에 띄지 않았다. 그러다 포기하고 있었는데 정작
학교 가는 길목에 있었던 것! 여기 있었다니, 뜻밖이라 더 반가웠다.
사랑은 원래 그렇게 의외의 장소에서 발견되나 보다. 밤에 조명을 받
으면 더 아름다운 LOVE.

떨치고

마이너 화이트Minor White*의 사진. 도서관 지하 서고에서 보던 중 마음에 들어서 살짝 찍다. 무의식의 세계, 꿈같은 세계를 신비롭게 찍어 낸 사진가. 사진가로도 유명하지만 교육자로도 유명하다.

옷을 벗어 던지며 시원스레 앞으로 걸어가는 남자. 벗어 던진 남자의 옷이 바람처럼 날아간다. 옷이 남자의 몸을 떠나는 찰나와 떠나는 남자, 떨쳐진 옷의 세 순간이 모두 사진 속에 담겨 있다.

무언가를 떨치고 떠난다면 저렇게 떠나야지. 사진의 주인공은 떠나는 남자뿐이 아니다. 남자의 몸에서 떨쳐진 옷도 함께 떠난다. 떨쳐 버린 그 무언가가 저토록 바람에 시원하게 날아갈 수 있다면 행복할 수도 있겠지. 헤어진다고 모두 슬퍼야 하는 건 아니겠지.

□ 마이너 화이트(Minor White) 1908년생 미국의 사진가. 1950년 사진전문지 《APERTURE》 창간. 그의 사진의 가장 큰 특징은 자연의 신비를 은유적 상징으로 표현해 내 명상적이라는 점. 비평가, 출판가, 교수 등 사진의 여러 분야에 걸쳐 활동한 사진가로 1차적 사진의 이미지 위에 자신만의 표현과 해석을 통해 추상적이고 주관적인 사진 미학을 추구함.

호소에 에이코

호소에 에이코는 탐미적 군국주의자 미시마 유키오(三島由紀夫)*를 모델로 《바라케이(薔薇形, 장미형)》라는 사진집을 냈다. 관능의 세계 에로스와 죽음의 세계 타나토스를, 미시마 유키오라는 아름다운 몸을 통해 발화시켰다.

아마 30년대 태생일 호소에 에이코. 그런데 그 옛날에, 그렇게도 급진적이고 시니컬하며 에로틱한 이미지를 만들 수 있었다는 게 신기하게까지 느껴진다. 너무 급진적이라 약간 섬뜩하기까지 했다. 진정한 클래식은 늘 모던하다고 했던가.

호소에 에이코의 특강이 학교에서의 마지막 수업이었다. 카메라맨이 되지 말고 사진가가 되라고 했다―일본에는 상업 사진가 및 저널 쪽 일을 하는 사진가를 카메라맨이라 부른다―그러기 위해서는 무엇보다 자기만의 눈이 필요한 것이라고.

풍채도 좋고 무엇보다 힘있는 말소리와 표정이, 젊은 우리들을 압도하는 느낌을 주었던 현존하는 일본 최고의 사진가. 인생은, 살아 내는 게 아니라 살아지는 것이라 일갈했다.

호소에 에이코는 스페인 여행중 가우디의 건축물을 정말 살아 있는 생물처럼 징그럽게도 육감적으로 찍어 냈다. 건축물에 새겨져 있던 손바닥 위의 눈을 보고 그는 전율을 느꼈다고 한다.

□ 미시마 유키오(三島由紀夫) 1925년생 일본의 소설가. 1970년 군국주의의 부활을 외치며 할복 자살한 일본 현대 문학의 대표적인 작가다. 《금각사》 등 전후 세대의 허무주의를 다룬 작품을 발표했다.

모서리

4×5인치 뷰 카메라 실습 시간. 학교 곳곳의 오브제를 찾아 질감과 형태를 표현하는 과제 시간이었다. 나는 저 기둥의 모서리를 찍기로 했다. 사람에게 성격이 있듯이 사물에도 물성物性이 있다는 생각을 한다.

안도 타다오의 건축물 외장으로 자주 등장하는 노출 콘크리트를 보며 처음 그런 생각을 했다. 그 콘크리트가 마치 종이 같다는. 그래서 그 콘크리트와 함께 나무가 있건, 그림자가 드리워지건, 물이 담기건, 하늘이 담기건, 가장 자연스러운 풍경이 될 수 있을 것이라 생각했다.

오사카에 여행을 갔었다. 안도 타다오의 건축물을 보러. 산토리 뮤지엄과 빛의 교회를 보았다. 가서 직접 보고 손바닥으로 만져본 느낌은 얼추 맞았던 것 같다. 지극히 도회적이면서도 가식이 없는 물성이라는.

저 모서리의 물성이 내게 말을 걸어 그를 클로즈업한 것 같다. 모서리를 중심으로 두 개의 세계가 나뉜다. 오른쪽과 왼쪽, 빛과 어둠, 비어 있는 곳과 차 있는 곳. 어느 곳이 안이고 어느 곳이 밖인지 클로즈업을 해보니 구별이 되지 않았다. 구별시켜 주면서도 동시에 경계를 모호하게 하는 매력적인 물성이었다.

신주쿠 교엔마에

간만에 마음도 힘도 여유 있던 일요일. 아침, 미야자키 선생님을 만나 한국어 수업을 하고 신주쿠로 향했다. 전부터 찜해 났던 신주쿠 교엔의 나무들을 찍으러.

신주쿠에 도착해서 두 정거장 다음인 교엔마에까지 슬렁슬렁 걸으려 했는데 이상하게 훅 다가오는 헐렁한 활기. 두리번거려 보니, 신주쿠 가부키쵸 대로를 차량 통제해 놓은 것이었다. 그래서 대로로 쏟아져 나온 사람들과 여기저기 퍼질러 앉아 있는 사람들, 연주하는 사람들, 퍼포먼스하는 사람들로 갑자기 축제 분위기로 변한 신주쿠였다.

훨씬 카메라의 시선에 여유 있는 사람들의 표정을 파인더 사이로 훔쳐 보며 교엔마에까지 걸어갔다. 신주쿠 교엔은, 말하자면 경복궁 돌담길을 끼고 걷는 삼청동 비슷한 거리로 요즘 개발해 낸 산책로다.

신주쿠 교엔의 분위기는 하이드 파크에 가깝다. 존재하는 도쿄의 정원 중 가장 근대적인 분위기의 정원이라는데, 드넓고 푹신한 잔디밭과 뿌리 바로 위부터 가지가 뻗어 있는 독특한 나무들, 2층 건물 높이의 고층 나무들이 잘 어우러져 있는 곳이다.

이제 막 마르기 시작하는 나뭇잎을 바사삭 만지고 지나가는 바람소리가 어찌나 듣기 좋았는지. 오랜만에 필름 두 통을 소비하고, 오후를 걸음으로 소비했던 기분 좋았던 일요일.

저녁엔 집에 와서 밥통에 고구마를 쪄먹었다. 역시 가을이라 고구마가 맛이 들어 있었다.

8색 무지개

학교 과실에서 클래스메이트들과 노닥거리고 있는데 창 밖을 바라보던 누군가가 "니지다(무지개다)!"를 외쳤다. 아침부터 비가 내렸다 개었다를 들락날락하더니 결국은 무지개가 뜬 것이다.

다들 좁은 창가에 몰려들어 사진을 찍고 한바탕 난리가 났다. 같은 반의 타이완 친구 린이 말하기를 타이완의 무지개 색깔은 8가지란다. "아니 빨, 주, 노, 초, 파, 남, 보 말고 하나가 더 있는 거야? 무슨 색이야?" 물었더니 "흰색"이란다.

신기해라. 그들 눈에는 어떻게 흰색이 보였을까. 빛을 조합해 내는 그들의 감각에는 '빛'의 영역일지 모르는 흰색까지 보고 마는 여유가 있었던 것이다. 똑같이 눈을 뜨고 본다고 해도, 모두 같은 모습을 보는 것은 아니리라. 겨우 시차 1시간 밖의 다른 나라에 사는 그들인데, 그들의 무지개는 8색이었다.

Keep Going

HOLD STILL.

Keep Going.

로버트 프랭크의 사진집을 보다가 사진 속에 포함된 그의 글을 한 컷 찍다.

Keep Going. 어떤 순간은, 아니 어쩌면 대부분의 순간은 그저 Keep Going 하는 것만이 최선의 방법일 때가 있다. 나이를 점점 먹어 가며 느끼는 건 멈춰 서서 방황할 시간도 줄어든다는 것. 방황도 굴러가며 할 일이다. 아니, 이젠 방황하기에도 위험한 나이일까?

그런데 살면서 헤매지 않을 자신은 점점 없어진다. 조금 느리게 반응할 자신, 즉 참을 자신은 조금씩 생기는 것 같지만.

식물원에서

신주쿠 교엔마에에는 아담한 온실이 있다. 꼭 남산 식물원 같은 분위기. 처음 갔을 때 너무 비슷해서 깜짝 놀랐다. 식물원에 갇혀 있는 식물들을 볼 때마다 묘한 기분이 든다. 적당한 온도와 적당한 습도의 쾌적한 환경.

그러나 폭우를 맞아 잎이 찢어지거나 세찬 바람에 가지가 꺾일 일 없는 평온한 그들의 시간이 일순 무덤 속의 그것같이 느껴진 것은, 무심히 식물원의 식물들을 바라보던 어느 순간 그들이 바람에 전혀 흔들린 적이 없다, 라는 생각에 닿았을 때부터다.

이상하게 그 순간 '욕망'이란 단어가 떠올랐다. 식물에게도 욕망이 있을까. 보통 식물은 받아들이고 기다리고 침묵하는 존재이지 뭔가를 바라는 존재는 아니라는 것이 통념이었으나 잠잠히 침묵하는 그들을 보며 나는 역설적으로 그들의 욕망을 떠올렸다. 그것이 침묵 속에, 그림자 속에, 혹은 한줌의 빛 속에 잠겨 있을 뿐이기에 그 욕망은 욕망 이전에 그냥 존재로 읽히는 것이다.

그런 나무 가지들의 뒤틀린 곡선 혹은 직선의 모습은 느릿느릿한 욕망이 쌓아 올린 시간의 흔적이다. 빛을, 바람을, 빗방울을. 아니 사실은 시간을, 그리고 그 시간 저편의 무언가를 바라는. 그래서 식물의 욕망은 말하지 않음으로써 더 열렬하고 기다림으로써 더 지극할지도 모른다.

동물은 동물을 욕망하지만, 식물은 식물을 욕망하지 않는다. 다른 피안의 세계를 욕망하고, 영원하기를 욕망한다. 그래서 씨를 떨어뜨리

며 죽어 가고 지구 저편까지 날아간다. 지구 반대편으로 뿌리를 내리지만 '끝'이라는 목적을 가지고 있는 건 아니다. 그냥 뿌리를 내릴 수 있을 때까지 그 시간만을 내리는 것이다.

식물의 욕망은 동물의 욕망과 다른 세계다. 그것을 과연 욕망이라 부를 수 있을까? 동물의 세계에 서 있는 나이기에 그냥 그것을 욕망이라 이름붙인다. 그러나 그 단어 저편에는 또 다른 식물의 기원이 있다.

식물원에 고여 있는 시간의 화석을, 멈춰 있는 잎과 줄기를 찍으러 자주 갔었다. 그날은 비 오는 날이었는데 유리창에 흐르는 빗줄기가 꼭 눈물처럼 보였다. 가끔은 대신 울어 주는 것들이 있는 법이다.

낸 골딘

'CONTACTS'라는 타이틀의 DVD 시리즈가 있다. 세계의 유명한, 아니 자신만의 독특한 세계가 많은 사람에게 알려져 있는 사진가들의 작업을 인터뷰와 작품에 대한 분석을 통해 다룬 DVD다. 윌리엄 클라인Wiliam Klein*의 아이디어에 의해 만들어졌다고 하는데 사진예술학 시간에 교재로 사용했다.

낸 골딘Nan Goldin.*

자신 및 친구들의 섹스 라이프와 게이 친구들의 생활을 가감없이 찍은 스트레이트한 사진으로 알려진 사진가. 섹스를 나눈 후 자신과 남자 친구의 침대 위 풍경을 담은 사진, 남자 친구에게 구타당해 눈에 피멍이 든 셀프 포트레이트.

그녀의 사진을 본 후 한 친구는 도대체 왜 저런 자신의 사진을 찍는지 이해할 수 없다고 했고, 한 친구는 저런 자신의 사진을 찍어 낼 수 있는 그녀의 삶이 부럽다고 했다. 나는 그녀가 끝까지 피하지 않고 바라보았던 건 사람이라 생각했다. 고통스러울지언정, 슬플지언정. 그 담담한 응시는 결코 쉬운 일이 아닐 것이다.

낸 골딘은 일본에 와서도 사진을 찍었다. DVD 속엔, 벚꽃이 눈처럼 날리는 풍경 속에 흑인도 동양인도 아닌 갈색 피부의 한 소년이 취한 듯한 표정으로 망연히 서 있는 사진이 실렸다. 그리고 낸 골딘의 말이 자막으로 흘렀다.

"내가 사진으로 표현하고 싶은 것은 인간으로 존재하는 것의 괴로움과 살아가는 것의 어려움입니다."

□ 윌리엄 클라인(Wiliam Klien) 1928년생 미국의 사진가. 로버트 프랭크와 더불어 영상 사진의 길을 처음으로 개척한 현대 사진의 선구자. 거리에서의 생생한 스냅 촬영을 생명으로 하는 작가로 셔터 찬스를 절대 우선주의로 했으며, 그렇기 때문에 초점 및 구도나 노출의 과부족 등 기술적인 것에 구애받지 않는 사진, 대상과 사진기를 일치시키는 사진들을 발표했다. 대표적인 사진집으로 《뉴욕》《로마》《모스크바》 등이 있다.

□ 낸 골딘(Nan Goldin) 1953년생 미국의 사진가. 성과 언더 문화와 관계성에 대한 숨김없는 탐구를 통해 사회적 금기를 깨트린 여성 사진가로 드러내기 어려운 일상의 모습들, 남자 친구와의 섹스 라이프, 게이, 트렌스젠더 등 소외받은 계층의 생활을 솔직하고 대담하게 표현했다. 대표적인 사진집으로 《성적 종속의 발라드》와 《All My Self》 등이 있다.

나무 그녀

컬러 사진 과제로 '도시'를 찍었다. 신주쿠를 개인적으론 찍고 있었지만 주로 흑백 작업이었고, 그래서 색이 어울리는 다른 거리를 찾았다. 그래서 정한 오모테산도.

오모테산도 힐즈가 이미 관광 명소가 되어 버린 그 거리는 하라주쿠를 기점으로 힐즈까지는 늘 북적거리지만 일단 힐즈를 벗어나 미나미 아오야마로 빠지는 길은 한적하다. 그러다 가이엔마에 쪽으로 빠지면 더 한가한 산보를 즐길 수 있다.

골목은 아니지만 '산보사진'의 원칙에 따라 슬렁설렁 큰길을 따라 걸으며 사진을 찍던 중 그녀와 마주쳤다. 쇼윈도에 비친 45도 각도의 얼굴이 아름다운 그녀. 그리고 그녀의 얼굴에 비친 5월의 후리후리한 나무. 문득 그녀는 가슴속에 진짜 나무 한 그루를 키우고 있는 한 여자의 모습으로 다가왔다. 바람이 불 때면 눈빛에선 차박차박 나뭇잎 부딪히는 소리가 날 것이고, 매일매일 정성스레 물을 주는 가슴 언저리께는 젖은 흙 냄새로 향기로울 것이다.

남자들의 마음속엔 영원한 소년이 살고 있다고 하지만, 난 여자들의 마음속엔 소중히 물을 주어 정성껏 기르는 나무 한 그루가 있다는 생각이 든다. 그 나무가 사랑이건, 정열이건, 아니면 허무이건.

그 사진을 찍어서 과제로 냈고, 다시 그걸 케이타이로 찰칵 찍다.

11월, BETWEEN

가을과 겨울의 사이. 빛과 그림자의 사이. 그 경계에 아슬아슬 걸쳐 있던 마른 단풍잎. 경계에 서 있다는 건 왠지 처절한 기분을 준다. 한 궤도와 다른 한 궤도가 뒤바뀌는 순간이라서일까. 수많은 힘과 에너지의 역학 관계가 전도되기 때문이라서일까.

돌고 있던 궤도를 벗어나 다른 시간과 공간의 궤도로 이동하는 데 소모되는 에너지. 다른 궤도 안에서 다시 시작하는 에너지. 이전의 궤도를 잠시 잊었다가, 가끔 그리워하는 데 필요한 에너지. 그리고 다시 새롭게 변화하는 에너지. 그 수많은 에너지들은 과연 당신의 몸속 어디에, 우주 어느 편에 숨어 있었던 것일까.

곧 겨울이 시작된다. 습기가 많아 힘들었던 여름만큼이나 음산하여 뼛속까지 으슬으슬 시려 오는 도쿄의 겨울이다. 쌀쌀맞기가 제대로 삐친 애인 같은 다다미방에서 겨울을 나려면 에너지가 많이 필요하다.

겨울잠을 자기 위해 곰이 지방분을 섭취하듯 에너지 축적을 위해 나는 아마 따끈한 아츠캉(데운 정종)의 힘을 빌려야 할 것이다. 에너지를 위해서다. 결코 술을 마시고 싶어서가 아냐.

치자꽃 향기

서울에도 슬금슬금 봄이 다가오고 있겠지? 이곳 도쿄에도 봄이 슬금슬금 좋은 냄새를 풍기며 다가오고 있다. 바람 속에서, 아침 햇빛 속에서, 여자들의 얇아진 바바리 코트 속에서.

이맘때쯤이면 도쿄 어느 골목골목들에서는 좋은 향기가 풍긴다. 바로 치자꽃 향기. 한국에 있을 때 치자는 작은 화분 속의 꽃인 줄만 알았는데 마당이 있는 도쿄 사람들은 치자나무를 심어 놓더라. 치자나무의 잎은 얼핏 보면 동백나무처럼 단단하고 윤이 나지만 꽃이 다르다.

2월 중순에서 3월 중순까지 어둑어둑해진 골목길을 걸어 집으로 돌아가는 길. 집집마다 쌀을 끓여 저녁밥을 짓는 시간. 쌀이 익는 소리와 함께 아련히 풍기는 그 치자꽃 향기가 너무 좋아서 난 어느 모르는 집 담벼락에 서서 한참동안 그 향기를 맡곤 했다.

올해도 겨울이 다 가고 봄이 오고 있다. 다시 치자꽃 향기가 풍겨오기 시작했다. 근데 그 향기, 왜 이리 가슴이 아플까. 슬픔만은 아닌, 심장이 저리는 느낌. 향기가 너무 좋아서라고 해두자.

치자꽃 향기가 풍기던 어느 저녁. 하늘은 두꺼운 종이에 번진 잉크처럼 푸르렀다.

나기(凪)

대학원에 다니는 후배와 요코즈카의 바다를 보러 갔다. 학생 할인으로 차를 렌탈했다. 도쿄에서 두 시간 반 거리의 바닷가. 하루 동안의 짧은 여행이었다.

요코즈카는 미군 기지가 있는 바닷가 도시다. 어디든 미군기지가 있는 곳은 작은 미국의 모습이 되어 버리는 걸까? 이국적인, 사실은 약간 생뚱맞은 종려나무가 가로수로 심어져 있는 거리엔 미국 어느 변두리(가본 적은 없지만 그러리라 짐작되는) 도시의 분위기를 물씬 풍기는 나이트 클럽이며 햄버거 가게가 즐비했다.

암튼 우리는 바다를 보러 갔으니까 깊고 웅장한 동해바다 같은 바다를 보고 싶었으나 요코즈카는 사실 서해바다 같은 엷은 분위기였다.

요코즈카는 이시우치 미야코(石內都)*라는 여자 사진가의 초기 작품들의 장소이기도 하다. 〈절창, 요코즈카 스토리〉라는 제목으로 흑백의 콘트라스트가 가파르고 존재감이 느껴지는 공간의 사진을 찍었다. 모리야마 다이도도 초기엔 요코즈카를 배경으로 사진을 찍었었다.

이시우치 미야코는 〈Mother's traces of future〉라는 제목의 사진으로 2005년 베니스 비엔날레의 일본관 작가로 선정되어 전시회를 열었다. 돌아가신 어머니의 물건들—낡은 구두, 속옷, 쓰다 만 립스틱, 머리카락이 아직 묻어 있는 빗, 틀니 등—을 마치 눈앞의 어머니를 찍듯 정성을 다해 찍고 사람의 키만한 사이즈로 대형 프린트하여 걸었다. 사진들이 걸려 있는 전시회장을 천천히 둘러보던 많은 여자들은 그 사진 속에서 자신들의 어머니를 느끼고 울음을 터뜨렸다고 한다.

작가는 어머니와의 관계를 조용히 응시하며 사진을 찍었고, 어머니를 어머니 이전의 여자, 한 사람으로 복원시키고 싶었다고 한다. 절제된 감정에서 오히려 사진가와 피사체 간의 관계가 절절히 느껴졌고, 그래서 물건들의 담담한 사진은 '상상 이상의 슬픔'을 뿜어 냈다고 평가되었다.

나도 그 사진을 보고 약간 눈물이 핑 돌았다. 특별할 것 없는 그냥 낡은 어머니의 물건들이었는데 이상하게 눈물이 났던 이유를 명확히 알 수 없는 경험이었다.

암튼 그런 배경을 생각하며 찾아간 요코즈카는 푸르다기보다는 회색의 바다였다. 찾아갔던 그날 비가 내렸기에 더더욱. 비가 내리는 바다는, 맑은 날의 바다와는 전혀 다른 색다른 분위기를 낸다. 이미 젖어 있기에, 비가 내려도 바다는 더 이상 젖지 않는다. 처연하지만 통쾌하게, 비장하지만 강한 존재감으로. 빗줄기의 직선 속에서 조용한 동물처럼 몸을 둥글게 웅크리고 있다.

바람은 없었다. 그리고 사람의 흔적도 없었다. 그런 험한 날엔 아무도 바다를 보러 오지 않았을 것이기에. 그래서 요코즈카의 바다는 '나기'의 모습이었다. 나기, 바람이 멎고 파도가 잔잔해진다는 뜻이다.

□ 이시우치 미야코(石內都) 1947년생. 기무라이헤이상 수상. 사별한 어머니에 대한 그리움으로 어머니의 물건들을 진중한 마음으로 찍어 낸 작품 〈Mother's〉로 2005년 베니스 비엔날레 일본관에 선정된 작가. 신체의 상처들만을 클로즈업하여 찍어 낸 사진집 〈Innocence〉, 사람이 머물렀던 흔적이 남아 있는 공간의 아우라를 찍은 사진집 〈아파트〉 등이 대표작이다.

가을 근황

    센다가야 프리마켓에서 100엔짜리 보랏빛 셔츠를 사다. 내 마음속의 가을 준비. 냉커피에서 따뜻한 커피로 바꿨다.

좋은 친구가 될 것 같은 예감과 함께 메구미를 만났다. 정신없이 바쁜 가운데 가을이 슬슬 몰려올 준비를 하고 있었네. 선선한 바람과 높은 하늘이 말해 주었다.

쿠-쿠왕

학교 근처에 '쿠-쿠왕'이라는 밥집이 있었다. 말 그대로 밥집이다. 우동집이나 소바집, 덮밥집이 아닌 백반집이었는데 제대로 된 밥 한 끼가 먹고 싶은 날이면, 혹은 집밥이 먹고 싶은 날이면 그곳에 갔다.

매일매일 반찬이 바뀌고 국이 바뀌는데, 그 종류가 30가지가 넘어 고르는 데만 한참이 걸리곤 했다. 매일매일 할머니가 손글씨로 정성껏 칠판에 써놓는 30가지의 메뉴들을 읽자면 사전이 필요할 정도였다.

우리과 친구들이 나를 위한 송별회를 그곳에서 열어 주었다. '쿠-쿠왕'의 단골이 된 계기는 정성껏 차려 주시는 밥상 때문이기도 하지만 벽에 걸려 있는, 매번 바뀌는 흑백 사진 때문이기도 했다. 사진을 찍는 우리들이기에 혹시 쥔장께서 사진을 하는 분이 아닐까라는 생각에 몇 번 가게 앞을 기웃기웃거리다 드나들게 된 것이다.

그 예상이 맞았다. 주방에서 뚝딱뚝딱 요리를 만드시는 할아버지는 30년 넘게 사진을 찍어 오신 분이셨다. 할아버지와 친구 같은 분위기의 부인이 주문을 받으셨다. 할아버지는 귀가 잘 안 들리시는 분이셨다. 손님이 우리밖에 남지 않자 우리는 주방의 할아버지를 불러내 왁자지껄 필담으로 이야기를 나누게 되었다.

사진 이야기가 나오자 쿵짝이 잘 맞기 시작했다. 놀라운 건 학교 근처에서 장사를 하고 있다는 인연 때문인지 학교 학생들의 전시회나 졸업전을 빠짐없이 보아 오셨다는 것. 1주일 전 우리 과의 졸업전도 보셨단다. 그러면서 기억나는 사진들에 대해 날카롭게 평을 해주셨는데 그 사진을 찍은 사람이 누구일까를 알아맞혀 가며 즐거운 시간을 보냈다.

그 사람이 누군지 얼굴은 모르지만 사진으로 통하는 느낌은 소름이
끼칠 정도로 정확히 맞아떨어졌다. 또 무섭기도 했다. 거품이나 거짓
없이 그 사람 자체를 날것 그대로 나타내 주는 사진의 존재가. 미숙함
이나 완성도의 문제는 그 다음이다. 그 사진이 나타내 주는 사진가의
'에고' 혹은 '이즘'의 얄짤없음, 그 신랄함의 정면 승부에 대해 느낄
수 있었던 순간이었다.

할아버지는 우리들이 길 밖으로 사라질 때까지 가게 밖에 서서 계
속 손을 흔들어 주셨다. 한국으로 돌아오고, 시간이 좀 지나자 그날
쿠-쿠왕에서 각자의
카메라로 8번이나 포즈
를 바꿔 가며 찍었던 단
체 사진을 친구들이 속
속 보내 주었다. 정다운
사진을 보며 그때를 추
억한다.

다정하다

이상하게 도쿄에선 달을 많이 바라보게 되었다. 서울에선 달보다는 맑고 파란 하늘을 많이 바라보았던 것 같은데. 도쿄에선, 아르바이트가 끝나고 돌아오는 피곤하지만 정신이 맑은 밤이나 밤 촬영을 마치고 돌아오는 새벽에 하늘을 자주 올려다보았던 것 같다.

피곤해서 발걸음은 무거웠지만 오늘 하루도 남김없이 100% 살았다는 충만감에 정신이 맑았다. 그런 날 하늘에 떠 있는 달은 왠지 정겨웠다. 남같지 않았다.

빌딩 옆에 떠 있는 달, 밤이 이슥해지도록 아직 일하고 있는 사람들의 빌딩과 함께 빛난다. 다정히.

오하이요

처음 여행했던 서구권 나라이자 유럽은 런던이었다.
처음 보는 사람인데도 마치 아는 사람에게 하는 것처럼
반갑고 상큼하게 "하이"를 외쳐 주는 그들의 수더분함
과 선선함이 그 당시 나에겐 문화적 충격이었다. 나는
어려서부터 모르는 사람과는 눈도 마주치지 말라고 교육받았던 아시
아인이지 않는가 말이다.

일본도 분명 아시아지만 유교권의 아시아인 우리나라나 중국과는
그 분위기가 확연히 다르다. 일본은 어느 정도 서구화된 아시아다. 문
화뿐 아니라 감성이나 감각, 사고방식이 그렇다. 일찍 서구화되어서,
라는 이유를 갖다 붙이기엔 왠지 2% 부족하다. 무엇보다 피가 다르다
는 생각이 든다.

이들도 복잡한 시내에선 자기 갈 길만 바라보며 앞으로, 앞으로만
전진하지만 동네에서 만나는 사람들은 눈을 마주치며 인사를 건네 준
다. "오하이요~" 하면서 가볍게.

처음엔 그 인사가 어찌나 수줍던지 얼굴이 다 빨개지는 게 느껴졌
다. 그러나 곧 익숙해져서, 세탁소 앞을 지나가며, 쌀집 아줌마와 마주
치곤, 반찬집 아르바이트생과 눈이 마주치면 나도 "오하이요~"라고
말을 건넸다.

오늘 아침엔 언제나처럼의 골목길에 작은 꽃이 얼굴을 내밀고 "오
하이요~" 한다. 마가렛 같다. 마치 인사하려고 피어난 것처럼 현관문
앞에 절묘히 피어 있다.

빛의 문신

오후 4시를 넘은 시간에 만나는 빛들은 스러지기 직전이라 그런지 더 애틋한 느낌을 준다. 더 정확히 말하면 저녁, 어두움이 몰려오기 전 한바탕 발광發光하는 빛들이기에.

그래서인지 더 따뜻하고 더 진하다. 그림자도 따라서 진해진다. 시간을 뛰어넘어 시선을 통과하여 몸 어딘가에 새겨질 것처럼.

CLICHE & APERTURE

학교 도서실 지하 서가 구석엔 오래된 사진 잡지들이 잠자고 있었다. 프랑스의 사진 잡지 《CLICHE(진부한, 상투적 표현)》와 미국의 사진 잡지 《APERTURE(조리개)》. 보는 것만으로도 공부가 많이 되었던.

지극히 프랑스적이고 지극히 미국적으로 각각 사진을 보는 방식이다 싶었다. 시니컬한 프랑스 사람들은 사진 속에서 한 번 찍힌 이상 어쩔 수 없이 '클리셰'가 되어 버리는 운명을 보았고, 실용적인 미국 사람들은 사진 속에서 조리개라는, 사진가와 세상 사이에 놓일 수 있는 최소한의 미디어를 보았을 것이다.

옛날 잡지들을 뒤적이다 보면 지금은 거장이 된 사진가들의 초기 작품들을 발견하는 행운을 만나게 된다. 그들이 어떤 첫 마음으로 카메라를 잡았을지를 상상하는 것도, 약간은 미숙하나 그 미숙함을 충분히 상쇄시켜 주는 뜨거움이 있는 사진들을 보는 것도, 무척 즐거운 시간이었다.

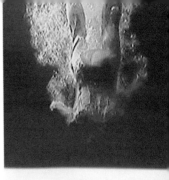

ヒル・ヴィオラ： はつゆ
Bill Viola: Hatsu-Yume (First Dream)

하츠유메(初夢)

2006년 모리 미술관의 첫 전시회가 스기모토 히로시의 사진전이었다면, 2007년 모리 미술관의 첫 전시회는 빌 비올라Bill Viola*의 〈하츠유메(첫번째 꿈)〉였다.

빌 비올라. 백남준과 동시대에 활동했던 비디오 아티스트. 우선 난해하지 않아 좋았고, 불, 물, 시간, 커뮤니케이션, 분노, 꿈 등의 지극히 개념적인 주제를 선험적 감각에 호소하며 강렬하게 표현해 낸 힘이 좋았다. 감각을 건드리는 적절한 '소리'와 함께. 보이는 영상만으론 그런 임팩트는 없었으리라. 시각과 청각 속에 거침없이 침투하는 영상과 소리였다.

태어나서 최초로 뇌리에 남게 되는 첫 번째 꿈은 무엇일까. 2007년은 빌 비올라의 첫 번째 꿈을 상상하며 열게 되었다.

미지의 것에 대한 불가해한 상상, 설사 그것이 덧없는 몽상으로 끝날지라도. 예술가란, 그 덧없음을 눈에 보이는 실체로 표현해 내는 사람이라는 생각이 들었다. 다른 세계를 상상하는 사람들인 것. 자아가 분열되고 소모되는 종류의 인간임에 틀림없다. 그들의 비범한 상상력이 열어 준 굿을 보고 평범한 나는 '영감'이란 떡을 먹는다.

☐ 빌 비올라(Bill Viola) 1951년생 미국의 비디오 아티스트. 인간 경험의 영적 측면과 지각적 측면을 탐구하는 비디오 아트 분야의 선구자적 인물. 비디오 테크놀러지라는 기술 위에 현대인들의 내면을 위로하는, 느림의 미학이 돋보이는 영상물들로 '본다는 것의 의미'를 관객들의 마음에 아로새겨 주는 아티스트. 저서로 20여 년 간 쓴 글을 모은 책 《빈 집을 두드리는 이유Reasons for Knocking at an Empty》가 있다.

시부이 시부야

복잡하기로 따지자면 신주쿠 뺨치는 곳이 시부야지만 왠지 신주쿠보다 시부야가 더 정겨웠다. 신주쿠에 카리스마가 넘친다면 시부야엔 시부이한 개성이 넘친다.

일본어를 공부하며 좋아하게 된 단어들 중 하나 바로 '시부이.' 딱 들어맞는 한국말이 없기에 한 단어로는 번역이 어렵다. 우리말의 '두리뭉실하다'가 일어로 딱 맞는 번역이 없듯이. 뜻은 수수하지만 깊은 맛이 있는, 낡은 멋이 있는, 오래된, 혹은 떫은 맛의.

예를 들자면, 반 친구들과 넌 어떤 스포츠를 좋아하냐며 서로에게 질문했을 때가 있었다. 다나카는 야구가 좋다고 했고, 이와모토는 축구가 좋다고 했다. 나는 마라톤이 좋다고 했다. 친구들은 일제히 "시부이다나!"라고 합창했다. 시부이는 그런 뉘앙스다. 결코 나쁜 의미로 통용되진 않으나 그렇다고 찬사의 의미가 들어 있는 것도 아니다. 시부이한 사람이 좋았다. 시부이한 사람이 되고 싶었다.

시부야엔 젊은이들도 많고 유행 숍도 많지만 언제나처럼 조금만 방향을 틀어 골목으로 들어가 보면 의외로 오래된 맛과 멋이 흘렀다. 시부야에 오래 산 토박이들이 얼마나 멋쟁이인가를 보면 알 수 있다.

올이 몇 개쯤 빠진 밀짚모자에 갈색 맨발에 조리를 신고 하바나 스쿠터를 타는 분위기랄까. 그런 시부이한 멋이 풍기는 시부야엔 그래서 더 헐렁한 옷차림의 사람들이 많고, 그래서 덜 바쁜 사람들이 더 많았다.

여덟 군데의 교차로에서 수많은 사람들이 한꺼번에 밀려왔다 반대

편으로 사라져 가는 횡단보도의 풍경은 언제 봐도 장관이다. 그 도로의 한복판에서 수많은 인파를 헤치고 내가 건너가고자 하는 방향을 찾아가는 것도 쉽진 않다.

그 교차로 사진을 찍으러 시부야에 자주 갔다. 사람이 밀물처럼 밀려왔다 썰물처럼 빠져 나가는 그곳은 하루종일 서 있어도 지루하지 않았다.

그리고, 마지막 카트

공교롭게 생일날 도쿄를 떠나게 되었다. 마지막 시간의 비행기 티켓을 끊었다. 태풍으로 비행기가 연착되어 한 시간 동안을 기다려야 했다. 기다리다 지친 사람들은 의자에 앉아 졸기 시작했다. 누군가의 가방이 저기 동그마니 놓여 있다. 저 가방도 출발을 기다리는 것이리라.

밤 10시가 다 되어서야 비행기에 오를 수 있었다. 2년 동안의 도쿄 생활이 끝이라는 생각에, 영원히 끝나지 않을 것 같았던 시간에도 어김없이 끝은 있구나라는 깨달음에, 어두운 밤하늘을 나는 비행기 안에서 조금 울었다. 슬퍼서가 아니라 그래, 아쉬워서였을 것이다. 모든 헤어짐에는 작은 죽음의 순간이 깃들어 있다고 하지 않나.

하지만 시작과 끝이 직선 위에 있는 게 아니라 원 위에 있다는 사실. 그래서 끝은 시작으로 연결되고 시작은 어느 순간 끝의 곁에 가 닿게 된다는 사실을 수많은 끝의 이별을 통해 알게 되었다. 그럼에도 불구하고 이별은 어김없이 서운하지만.

또 어떤 시작을 맞이하게 될까. 눈물 속엔 그 기대의 성분도 조금은 들어 있었던 것 같다. 그 시작에게 반갑게 다시 인사를 건네게 될 그날을 기다린다. 2년 전 시작되었던 낯설지만 새로운 시간에게 반갑게 인사를 건넸던 그날처럼.

웃음이 나와서 찍다

편지

감정의 양 극단에 울음만이 존재한다면 인생은 얼마나 지치고 피곤할 것인가. 행복해서 웃는 게 아니라 웃어서 행복해진다는 역발상의 진리처럼 웃을 준비를 하고 보는 세상은 장담컨대 조금은 다르게 보인다. 그 어떤 순간에도 우리를 구원하는 희망인 웃음—웃을 일이 많았던 도쿄에서의 순간들에게 감사한다.

기가 막혀 웃는 실소라도 웃는 편이 좋다고 생각한다. 웃고 나면 마음이 놓이니까, 팽팽하던 신경선이 조금은 느슨해지며 여유가 생기니까. 웃으면 복까지 오지는 않더라도 웃으면 한 박자 다른 것을 생각할 틈이 생겨서 좋다. 그렇게 내게 웃음을 주는, 혹은 피식 실소를 할 수 있게 해준 순간들이 도쿄에는 많았다. '가까이서 보면 비극인 인생이 멀리서 보면 희극'이라는 채플린의 말처럼 내가 너무 멀리서 건성으로 봤기에 웃음이 났던 건 아닐까. 그럴지도 모른다. 하지만 케이타이의 사정거리 안에서 끊어 낸 풍경들 중에서 날 기꺼이 웃게 만든 순간들이 있어 그 순간이 100% 순도로 행복했다. 입가에 미소가 번지게 만들어 준, 여기도 똑같이 사람 사는 곳이구나를 깨닫게 만들어 준 순간들. 그 모습들이 기꺼이 흐뭇하고 웃을 수 있어서 찍다.

마지막으로 당신이 보여준 웃음

유쾌한 행운

34도가 넘는 끈끈한 열기 속에서 우리는 차가운 맥주잔을 기울이며 소망도, 절망도, 우울도 아닌 다름아닌 '유머'를 알아봐 주는 사람에 대해 이야기했다.

소망이나 절망이나 우울은 각각 알게 모르게 낫또의 실처럼 음침하게 연결되어 있는 자아의 사생아 같은 존재들이어서 알아보는 누군가를 배신할 수도 있지만, 유머는 그렇지 않다고 생각한다.

유머는 노력해서 얻을 수도 없고 계획할 수도 없지만, 어쩔 수 없이 튀어오르는 고무공 같은 당신 삶의 생기를 가장 솔직하게 드러내 주는 것이기에 알아봐 주는 이가 있다면 기꺼이 그에게 그 생기를 바칠 수 있으리라. 웃어 준다면, 함께 웃는다면 그것으로 충분한 것이다.

유머는 그 유머를 알아본 사람에게도, 알아봐 주는 이에게도 모두 유쾌한 행운이라 생각한다. 그래서 나는 우울함을 위로해 주는 당신도

감사하고 내 소망에 맞장구쳐 주는 당신도 감사하지만 별것 아닌 농담한 마디에도 후하게 웃음을 내어 주는 당신이 참 좋은 것이다.

사진은 오사카 전철 안에서 찍은 원숭이 인형을 껴안고 주무시는 어떤 남자분. 오사카는 쿨한 도쿄와 달리 늘 웃음을 삐질삐질 흘릴 준비를 하고 있는 듯한 도시. 전철의 풍경을 보라. 저 남자분이 오사카의 분위기를 온몸으로 말해 주셨다. 웃게 해주셔서 아리가또와.

오후 세 시의 개

신주쿠에서 츄오센을 타고 나카노를 지나면 코엔지라는 꽤 오밀조밀한 동네가 나온다. 코엔지에는 개성 만점의 아방가르드 + 언더그라운드 + 그런지 + 빈티지 풍의 작은 가게들이 빽빽하다. 꼭 물건을 팔기 위해 문을 오픈한 가게들이 아니라 개성만만 점장들의 삶의 공간임이 느껴지는 아티스틱한 분위기 물씬의 가게들이다. 그 중 지금도 기억나는, 인상적이었던 구제품 가게 '素人の舌(아마추어의 혀)'는 차고를 개조하여 만든, 사방 뻥 뚫린 가게였다.

그리고 그 언저리에서 발견한 헌책방. 책방 이름은 '오후 세시의 개.' 간판 앞뒤로 역시 앞뒤의 모습이 그려져 있는 개가 말한다. 책 삽니다. 오후 세 시의 개와 독서 사이엔 도대체 무슨 관계가 있을까. 이유야 어쨌건 그냥 웃기로 했다. 그저 웃기니까.

고양이, 달려!

오토바이 위에 앉아 있는 고양이. 댁도 어디론가 달리고 싶은 거야?

대롱대롱 마네킹

수트 컴퍼니Suite Company라는 신사복 브랜드 매장 앞을 지나가다가 깜짝 놀랐다. 공중에 목매단 시체처럼 대롱대롱 매달려 있는 마네킹들. 저렇게 섬뜩한 느낌의 마네킹은 처음이다. 옷을 사라는 건가, 말라는 건가.

목욕탕 도쿄

오후로お風呂 오전, 오후의 그 오후가 아니라 목욕탕을 의미하는 일본어 '오후로.' 8월, 도쿄는 하나의 거대한 목욕탕처럼 후텁지근한 여름의 열기를 내뿜고 있다. 이게 말로만 듣던 그 습기 가득한 무시아쯔이(찌는 듯한 더위)인가. 목욕탕 안을 몽롱히 걷고 있는 듯한 계절.

바다처럼 파란 하늘이 그립구나—를 중얼거리며 걷는데 갑자기 눈앞에 쿵짝거리는 삼바 무희들이 나타났다. 이게 꿈인가 생시인가. 아님 더위를 먹은 건가.

정체를 밝히기 위해 여기저기 두리번거려 보니 그녀들은 뮤지컬 공연을 홍보하기 위해 나온 언니들이었다. 보기만 해도 시원해지는, 천 값이 무척 저렴하게 들었을 브라질 삼바 복장에 더 시원스레 춤추며 거리를 활보하신다.

이열치열의 원리. 일본보다 사실은 더 더운 나라 브라질의 삼바가 목욕탕 도쿄를 살짝 시원하게 해주었다.

명란젓 캐릭터

일본이 캐릭터의 왕국이라는 것은 세상 사람 모두가 아는 사실. 사실, 개인적으로는 캐릭터를 그리 좋아하지도 않고 관심도 없지만 일본에 사는 이상 캐릭터에 도저히 노출되지 않을 수가 없었다. 우리 동네 이케부쿠로 3쵸메의 게시판에 마츠리(축제)를 알리는 포스터에도 동네 캐릭터가 등장하여 정보를 알려 준다. 지역마다 그 지역을 상징하는 캐릭터가 꼭 있다.

그런데 그 캐릭터들이 참으로 얄궂어 보인다. 뭐랄까, 사소하다고나 할까. 그래, 사소하다는 말이 제일 적절할 것 같다. 다람쥐나 호랑이, 사과나 호박 등 평범하고 무난한 것들의 카테고리에서 벗어나 생활 속에서 쉽게 눈에 띄기는 하나 그 존재와 특징을 형상화하여 세상에 내놓기에는, 좀 그렇다 싶은 것들까지도 과감하게 재탄생시킨다.

예를 들면 명란젓이다. 지난 겨울 도쿄를 강타했던 타라코(명란) 소녀들의 타라코 송은 타라코 스파게티 소스 광고 CF의 노래를 리메이크한 곡이다. 나 또한, 나도 모르게 명란젓 노래를 중얼중얼 부르고 있음을 깨닫고 흠칫 놀랐을 정도로 중독성이 강한 노래였다.

'타라코~ 타라코~ 닷뿌리 타라코~

(명란젓~ 명란젓~ 명란젓 드음뿍~).'

물론 명란젓 안에 이미 인기 캐릭터인 큐티 마요네즈의 큐티 베이비가 들어가 있긴 했지만 어쨌든 명란젓을 캐릭터로 만들다니. 일본 아니면 누가 그런 짓을 하겠는가.

그런데 그 캐릭터가 힘이 세다. 한 번 보면 잊혀지지 않고 뇌리에 박힌다. 별것 아닌 일상의 사소함을 그렇게 파워풀하게 만들 수 있다는 건 디테일을 잘 잡아낸다는 이야기가 아닌가. 그것도 단순히 대상의 특징을 잡아낸 디테일로서가 아니라 뭔가 감각의 뇌관을 건드리는 '초감각'을 더한 디테일일 것이다. 타라코 송이 장조가 아닌 단조로 구슬프게 흘러가듯.

명란젓들이 비플랫 마이너의 곡 속에서 발맞춰 행진하는 모습. 한 번 보면 절대 잊을 수 없다.

횡단금지

건너가면 위험한 찻길 앞에 세워져 있는 횡단금지 신호판. 무심히 지나칠 땐 몰랐는데 누군가가 그 신호판 속 사람의 얼굴에 스티커를 붙여 놓았다. 로케트 건전지 캐릭터, 울트라맨, 배트맨 등등.

울트라맨이 말한다, 건너가면 안 돼!

배트맨이 말한다, 건너가면 죽어!

공공장소 표지판 속에 등장하는 얼굴에 눈, 코, 입을 실감나게 그려 놓는다면 더 효과적일 텐데… 더 많이 찾고 싶었는데 딸랑 세 개밖에 못 찾았다.

표창장

졸업식날, 우리 반 우등생 테라사키가 상을 받았다. 우등생이라고 말하면 분명 싫어할 테라사키. 그러나 그녀는 자신의 모든 것에 놀라 우리 만큼 열심인 학생이었기에 그녀가 우리들 중 상을 받은 건 당연하게 느껴졌다.

식이 끝나고 테라사키의 상장을 구경했다. 친구들은 테라사키에게 축하의 말을 건네 주며 힐끗. 나는 일본 상장은 어떻게 생겼나를 알고 싶어서 힐끗.

근데 이겐 웬일! 상장이 너무 예쁘고 귀여운 것이다. 딱딱한 신명조 체로 '표창장' 어쩌구가 쓰여져 있는 상장이 아니라 알록달록 일러스트—나비, 꽃, 나무—가 그려져 있는 배경에 예쁜 손글씨로 내용이 쓰여 있었다.

알고 보니 우리 학교 디자인과 학과장인 와카오 교수가 직접 그려서

만든 상장이었다. 수상자의 이름도 직접 펜으로 써주시고… 예술학교다운 상장이네.

우리는 테라사키의 상장이 너무 귀여워서, 상장을 가운데 두고 함께 기념 사진을 찍었다. 물론 테라사키를 가운데 두고. 저런 상장이라면 책상 위에 두고 매일매일 흐뭇하게 바라볼 텐데.

뜨개질 테라피

뜨개질을 결코 잘하는 게 아님에도 불구하고 사람들에게 목도리를 떠서 한 개, 두 개 선물하는 것이 어느새 나의 겨울 행사가 되어 버렸다. 뭐랄까, 그 사람을 생각하며 한 코 한 코 뜨개질을 하다 보면 마음이 안정된다. 이거 뜨개질 테라피 맞지…

타이완 친구 린과 일본 친구 테라사키에게 핑크 빛, 아이보리 빛 목도리를 떠서 선물로 주었다. 린은 할머니가 될 때까지 목도리를 하고 다니겠다고 했고, 테라사키는… 과연 그 촌스러운 목도리를 두르고 다녀줄지. 기쁜 얼굴로 받아 주었으니 그것으로 됐다.

本買います

十五時の

91-53

横断禁止

케이타이 도쿄

초판 1쇄 인쇄 | 2007년 7월 25일
초판 1쇄 발행 | 2007년 7월 30일

글·사진 | 안수연

펴낸이 | 박효열
펴낸곳 | 대숲바람
등록번호 | 제 101-90-40679

주소 | 서울시 송파구 잠실동 175-1 위너스 오피스텔 B동 806호
전화 | 02) 418-0308
팩스 | 02) 418-0312
E-mail | dsbaram@naver.com

값 12,000원
ISBN 978-89-954305-5-2   03810